象形

【贰零壹贰】

诗性文化读本 XIANGXING

川上 主编

湖北长江出版集团
长江文艺出版社

可 能 性

现在已进入一个完全开敞的时期。现在已进入。我们从阴影移入阳光。曝晒在知识下、机会下，曝晒在欲望的景观中。只还有一些领域，比如历史，像歌女犹抱琵琶——这反倒增添了幻想的魅力。

快了，有些事情一定会发生；快了，什么可能性都有；交响渐弱，渐息——新的乐章！

欲望也转变了。心缓慢地睁开眼。什么可能性都有。但是看，看那形而上的！懊悔。一些事物、一些幻象的细节，黑暗中伸到鼻尖——生活啊，你从未离开我！桂香过了，遍地黄花。一种新的情境在空气中酝酿。

可能性成熟了。在漫长的辗转、修正之后，年龄——如此丰满。一些影像从广阔的斜面，在沙漏的底部成为时间。必须下到根基上，必须从阳光再移入阴影！

不，什么可能性都没有！只有那黑暗——才是我自己的。从乡村高速怎样下到公社的田塍上呢？那有力的双臂向前一推，雪白的刨花，松松地落在乌黑的墨斗旁。

有打铁的，弹棉花的。有理发师和阉猪人定期上门的上午。他们总在挖塘泥。黑暗的泥脚，踩在我的纸上。

我害怕跟不上信息，我一直是焦急的搜索者、援引者。荧屏的白夜，知识之光令人目盲！我满眼红色的闪电！

所谓可能性竟在遮蔽中——在于减、退到仓颉。而我已开始象形——在源始的发生地。结绳般可触。篝火般惊讶。带着被烤的、半边冷。

父亲的莜面，竖琴样耀眼，发声。通红的铁移出炉膛，温驯地躺在独角兽的铁额上——我的诗，是大铁锤砸在小铁锤吻过的地方。

目　录

诗　简

文汇

专栏

对话

映　象

诗　友

象形

诗　简

李建春卷　刘洁岷卷　亦　来卷　剑　男卷
黄　斌卷　修　远卷　吴晓燕卷　柳宗宣卷
钱文亮卷　舒飞廉卷　楚　石卷　然　也卷
余文浩卷　武小西卷　沉　河卷　川　上卷

□ 李建春 卷

歌　集

1. 蓬莱之歌

临行前，以一滴墨
作钓饵抛向春空，
你希望钓到目的地，
钓到福禄寿像山芋
抱回家放在锅里煮。

山雀，黄鹂，鸫子，
皆以嫩叶为食。
鹭鸶伸长喙缝补
波纹的空缺。蛹在茧内
忙手机信号，让人边走
边琢磨声音的咬痕。

有人上天采钻石，入地
采又黑又酽的石油。
有人上班嗑瓜子，嗑出
去年屋后开的竹花。
有人去广场放风筝，
牵出一个小孩从地底下。

于是香气飘到五里外。
全村人都聚拢了，咂嘴，
感叹父辈无此口福，
有生之年吐出幻想：
我们看见蓬莱的坟了！

2011.3.17

2. 掘井之歌

老家的屋子建在半坡，
面坊的旧址，背靠
生产队废弃的禾场。
多少声音，如今，
只有荒草踩在脚下。

绕不开的麻苕和苞茅，
牵衣草的种子说什么。
秋阳下野菊蓬蓬地
仰起脸，但公社的
尸体——稻草堆，发黑。

兄弟们商量:清明后
回家掘一口井,就在
小院的樟树下。这决定
让一股凉线,老龙骨的
活水从胸口沁到咽喉。

夜空下寻找的探头。
铅锤轻轻地,透过天顶
无缝的白粉,花蕊
在坚硬的乌托邦内。
别人回家植树,我掘井。

2011.3.29

3. 耳机线

他背着一口井走入茫茫人群。时不时地,他停下来喝一口。
一根胶管,像耳机线挂在他的下巴下,喝一口。

他有时停在树下,将背包解开,呆呆地,看着里面的涟漪。
他伸手探入井中。4℃的碎玻璃
刺入他多变的手腕。

2011.7.8

4. 万有

万有这么轻。他将万有植入皮肤。
一粒小血球,疯癫的,撞在避雷针上。

万有在泪水、雨水、垃圾的变幻中
粗糙如沙,天气的锅铲扬起的。他每天听
巴赫的天使敲击妻子的云发——爱,
在金属的体内激荡,像神奇的
空气、车库的沉默,像钻头没入地心。

他将一支后朋克乐队塞入笔套内。他书写
万有的冰——影子加重,社会新闻版忽如锋刃,
万有掉下一滴墨。

2011.7.12

5. 两地

从那里到这里,牺牲洒下的——公路上,
车厢动如一粒血茧,
车窗倒放吞吃的风景。

他的脑回积满遗忘,
积满放弃的可能性,

死——活珊瑚撑开铁海。

2011. 7. 14

6. 暖花岗石

团团封闭的他，在儿孙外出打工后
空荡荡的新居里，准备他的死。
三位孙媳妇的床都睡过了，闻过了，
留下乱伦的老人味、烟洞；干燥的
淫荡，屋檐下陈年的红辣椒、蒜球；
大腿内侧的青筋明明白白地宣布——
在他手掌的暖花岗石下。所有内在的东西
都被挤出来了，大地的脉络，
在太空行走的一瞥下冲出的胶片，
这收拢的甲壳想出什么诡计！
他炖汤、煨药，把内院搞成炼金
术士的秘室，这位浮士德垂涎着
他的孩子们的肉体，不是麻将的几率
又落回平局，而是要成为在一线、永不回头的！
这计划搞笑又悲伤：他以晚年的余力，
在自家门口的坑下精心砌了一座
不吉利的坟院，拖回沉重的墓碑，
狗屁不通的墓志铭，孝子孝孙
依次列上（"我把你的骨灰丢到江里喂鱼！"）
生年某某，卒年空缺，像预备放
骨灰盒的小龛向路人邀请着——
这年头，谁敢、谁有闲心思

到你的坟头坐呢，患上孤独症的老头啊！

2011.7.18

7. 蛇

我以纯洁和柔顺，
绕行于
现实中；
我以扭曲、闪电的
舌头，刺入
多石之地，盐碱的
家园；

我仍然
相信——虹，
落在我的皮肤上，
我一年一度地
换肤，
这多彩的毒，反对！

2011.7.21

8. 蜗牛

他试了试一枚老叶的爱情，叶脉扎口。从墙角到恰当地看到月亮的地点，他在岩石上留下的痕迹像创世纪。他的肚子惹出的那场洪水和逃亡路线，哈巴狗似的跟在身后。他说他婉拂了那一家子的好意，忍在湖底逃过死劫——代价是：湖水的重压使他缩小了好几倍！他也不妨在自制的小屋内洋洋得意！

时代的滔滔使他难堪，他也哀叹无力回天，像大多数读书人那样；但是“强势的”希望让他更尴尬：“一对一的，这怎么可能！”他从来就习惯于面对复数，比如“星空”，或“众生”，因此当那人出现时，他就自然而然地调转崇高的枪口，开口说：“我们！”

他的内分泌失调。痛风的脚，忍受着宇宙的箭射入。他透过树叶偷看月光投在地上的斑点。被他紧紧拢在怀里的双手，有时竟不争气地从巴望的额头上伸出来，向上苍做出某种姿势，他赶紧运气功，将不可挽回的手臂变成半透明的、警惕的触角。无边的夜中，他的身体缩成一个星球。

2011.7.23

9. 在收藏家面前

您看：这是我以愤怒酿成的，
这是我以颓废酿成的，
这是我以倒错、以公开的自怨自艾，
这是我以临镜自照、每天搜索自己，
这是我向远方脱衣的记录……

以数据酿的酒、以点击和加入
酿的高度酒，顶着我穿过不真实的楼道，
以拈花一笑的姿势倒在垃圾箱里，
垃圾箱——土地干瘪的嘴，
打着消化不良的饱嗝；

以隔座干杯的姿势倒在大街上，
盛世忙碌的橱窗，我的酒
在未通电的霓虹灯里睡觉；
我走进菜市场，我的酒被转基因成
小康的作料、稳定的基石；
在小学门口，全副武装的门卫说，
我的酒不适龄而无辜，“你这
凹陷的杯子、黑色鸡尾酒，
努，请给那边喝，
给那些能和谐地喝的人喝吧！”

您，国企老总：
您，银行行长：
您，大地产商：
您，军工代表：
您，石油大王：
您，刚从非洲回来：
请喝我吧——我日思夜想的作品，
请品尝这些不可理喻的、自明的：
以无数次上访的梦魇，
以在自家屋顶自焚的火光，
以瓦砾堆下吐出的最后一口气，
以不可公开的名字，
以轰的一声，
以散步，
以高铁的速度和节奏……这
魔幻的中国，
拧巴的中国，
机会的中国，
今夜在菲律宾女歌手正宗的英语歌中，

在马提尼酒和桃红葡萄酒冰镇的
舌尖下散发奇异的味道，
这正是您提议的、形而上的，
使您避锐、保值、洁净和成级数地
高尚的——请收藏我吧，
您有强大的胃和越来越年轻的身体，
您已跨过名车、美女、豪宅、飞机、游艇
到达这世界的结点：
天堂和地狱联姻，
超越和沉沦短路，
金字塔的底端和顶端
翻转着在我身上使我夜不成眠。

2011.7.29

性情诗（选）

颜　色

我为我的颜色辗转于寻找之途。
火焰在我脚下变化，不及细数。
动物跟我跑。鸟鸣编织回声。我困于光电的原野。
雷的颜色是蓝的。
雨的颜色是银的。
土的颜色是黑而红的。
乌鸫吐钻石在光影的灰网中间。

我腑脏森然染上万物，全身都是镜子。
我背着一块玻璃行走，剧场一样脆弱。
我爱上了每一种躲开我的。
我的亲近像筛子打捞河水。
我是气息。灵。静止。因此我染上了
动作，犯罪的动作。——你寻找什么？泥土嘶叫。
我的透明所到之处，道路让开，
如疟疾，麻风病，有人见我无色，目瞪口呆。

2010.8.29

嘉年华与法庭

我端起一碗水，颤颤地走过嘉年华。
这是被放逐者的场合，折腾与悼念的场合……有人叹息，有人悠然，有人佯睡。
记忆和复仇握手言和，青春和愤怒形同姊妹。
他们全是我的朋友……对于他们，我来自影子的国度。

也并非全无乐趣，如果我遵循礼仪……他们鼓掌，放松胡说，我的角色却是刀锋。
对于一个在法庭上刚刚被驳回的人，重新到时间和现象，该是多么小心。

我思考证词。他们也听说过我的遭遇，这是我受欢迎的原因。
有人说："你出来了！"
有人鼓动我欲望。
有人因为害怕，贿赂我。
嬉皮的智慧，犬儒的智慧，相对和刻薄的分寸，禅，批判而无爱……我有更严肃的事情。
如果我能找出对我有利的证据，或，全无策略，我掌中的水，或许会变成酒。

2010.10.7

途经含鄱口未入

含一大湖下山，盘龙陡路
诉说危险。因有山雾
阻挡我们。当地人说时机不对。
看湖当在上午。
太阳西倾，眼中自有迷离。

我沉醉于云烟之思，口中生津。
盼望早点到平地。
从我的居所，我要多多俯看树影，
这城中一隅的碧意——
当我秘领了、天地的浩渺归来时。

2010.8.18

何处何时

万家雨，普天下的雨
落入心田，
我心焦渴，张如白纸

一根徒然的，马鞭
何处可耕作，用力?
何时咏而归?
我已苦闷太久，累得帘窗
也颓废，像在画中

万家雨，普天下的雨
落入心田，
我耳昏沉，卧听蛩音
混沌的嘶鸣，如酒
何处可登高长啸?
何时尽情如涛?
我已背负太久，累得风景
也枯燥，如刻落的石屑

万家雨，普天下的雨
落入心田，
我口哑默，米溮水的泡沫
升起渡海的，热汽球
要搭一个怎样的舞台
可安下陶渊明和陀思妥耶夫斯基?
我的右手如旧权杖伸出窗外
接一点雨，普天下的雨

2010.8.26

汤逊湖

我有时靠着湖景离开汤逊湖。

汤逊湖是安慰，是隐居之地。
汤逊湖的夕阳，一只剖开的大西瓜，另一半被我吃了。
一日——这甜火；
逝水——光阴的尿急！
我无欲无求地看着汤逊湖：
黄金宴，人体盛，江山顶在那女郎的腹部和两峰之间。

2010.10.29

小东门的十字架

我的领悟来自汽车和火车交错的一瞬。
那时我正随着公交司机迭迭的叫骂，
闪过一位背竹器过街的乡下老人，
忽然听到头顶雷声滚滚。我们被卡在
铁路桥下、马路中央……一个绝好的装置：
由两个时代、两种交通构成的十字架。
十字架的横木：日常，责怨，无爱，匆匆……
忽然被高高举起。车厢内陷入沉默，
连粗鲁的司机也沉默了。持续的雷鸣
将我们送到云端。这钢铁的阵仗，
如此从容，庄严，穿越时空的呼啸，
就是基督降临也不过如此……我睁眼，
看见生活之血像欢乐的喷泉，洒在
每一个人的脸上，嘴上，脖子上……洒在那位
教师模样的人，他双手交叉放在腹部，
什么知识让他如此规距，畏缩；洒在那位
夹公文包上车的灰衣人，公务员或推销员，

他满脸焦虑，连领带也是灰色的；
洒在遮遮掩掩、试图将乳头重新塞入
孩子口中的年轻母亲和她的孩子身上，
那孩子扭动着，张口望着妈妈；洒在拎着
窸窣响塑料袋的婆婆，愿她从儿媳的脸色
和市场斤两，回到晚年的安详——这血水，
还特别洒在扛着笨重物品上车的、不受
欢迎的民工身上，他放弃了车尾的座位，
摇摇晃晃，像在法院门口，在众人
环视中，他谦卑，劳顿，低头猛吸——
爱，在他单手扶着的、丑陋过时的工具上发光！
……可是我的司机呀，你为何还在方向盘上
可怜地划着，透过迷惑地扬起两眉的雨刷，
警惕地望着，找着，可是雷声的方向
并不在街面……他停下来，叹口气……一盏红灯
将生活之血和道路注入他紧张的胸口。

2010.10.30

□ 刘洁岷 卷

一段话

那是某个夏天我们偶然地相识
附近，是一片微微的朗诵声

就仿佛河流流向自己的尽头
中途有的水滴被松软的河床吸收
被鱼吞没，或是被阳光蒸发了

拨你的手机时有个机械的女声
固执地说“对不起，您拨的是空号”
作为死因不明的人你不再言语
我愿意你失踪，故事找不到结局

有一天我在读一本葡萄牙人的书
里面有一段话给我印象很深很深
后来模糊淡忘了，就跑去翻阅那书
想再看看可翻来翻去找不到了

就是这种情况，但我不敢这样说

2011.5

后工业爱情

我一直悬在你头顶的上空
以观测金融危机对爱情的影响
以及政治对爱情的动摇
以及浴室的舞蹈练习
以及疾病的感染中那丰富的启发
我们的自然主义在投机主义
与未来主义之间选择
在商品、资本、信息
和劳动力集散中心
我们的个人主义犹如一条
纤细、甜蜜的嗓子在满城的
集体主义卡拉 OK 中寻找出路
我们还不具备
禁欲主义的献身精神
我们以身体腐蚀了改革
以组织信仰折算个人的宗教
以人工呼吸的激情堵塞了文化
思想、技术交流的窗口
我想的和我说的都意味着是我们的
我们之间就像养了一只小兔子
它的咕哝声使我们避免了

临近睡眠时那种深渊般的寂静
一年之计在于一次签名
一日之计在于排毒养颜胶囊
和一粒搁放在白日梦境之上的
对光反应消失的安眠药
我和你就是海南椰岛连锁美容院
那里的一张发酸的笑脸面具
对着有点鼻息雾气的镜子
在某个离我们而去的
被都市农庄困扰的时辰
你对于我来说包涵在海陆杂烩
不超过三种情形的兑冲里
女儿妻子和母亲老妈老婆和丫头
你都可以是,你选择

2008.12

在武昌城区

在打烊的东亭邮局前停步的女人
她忘了粘贴一种表情

付家坡车站售票厅有一个唯一
面目清晰的乘客,马马虎虎
随便购买了一张目的地不明的车票

辛亥时期,在彭刘杨路有些人

比年轻的溥仪更适合当亲王的儿子
而你更适合作为革命党被屠戮
进入白头吟和断肠词

老钱的丰田被一辆旧富康刮擦
骑摩托的警察姗姗来迟，而不像
强拆和城管队员那样风风火火
天气很晴朗，我们的话题还要继续
在警察的提示下我们愿意私了

2011.5

词，词性

在时间名词被代词装上假牙的那一天
时间副词一副搭神七去揽月的派头
在泰山的阶梯或公务的楼梯上滚几十个滚
介词在报告、内参和红头文件中
具有纸糊的斑斓华南虎地位
但却拼凑成了一支溃乱的上访大军
或者贼样地不被觉察，或者开幕式前
被放牧般鞭打出城
或者从正楷的脚手架上摔下来
古篆一样苏醒不过来了

海量的企业家与大大小小公务员
在五星级鸟笼子里面交颈

被无数的兼类词同音词同形词簇拥
大理石上，丰繁的孔雀翎毛倒映
那些翎毛是假税票和发票
人们像来到兜售卤蛤蟆的江苏
南通的水墨小镇那样
在宁静的评弹中推杯换盏
但缺乏量词，缺乏拟声的词

心境恶劣的时候人称代词想念某个
从前在露水黎明抽泣或尖叫着离他而去的
年轻活泼的语气助词，想到某个
独立于句子主干结构以外的
叹词，已不再到东湖和梁子湖
或者所谓生态产业园区
或者所谓森林公园
拍摄婚纱照的男女间很久很久了

从前是从前，大街不是街
因为有一些形容词似的纽约东京口语
具备本硕博的小妖精在那儿
一些勾兑指示代词的数词在那儿
人生代代但见长江送流水，连词们
是松滋陈店整体被搬运到汕头陈店的
那些漂亮的学会风骚的土鸡们
是修葺一新的三峡坝口
被垃圾水托起的木屋残体

老艄公和老纤夫后代们被剪切到
涂成绿莹莹可几乎被删除的
支离破碎的句子里去了，大洋此岸

彼岸都不止一个偏旁折坏
部首磨损了的
小小的有着偏僻外地户口的虚词
将被一个为省成本做主语的名词给裁掉了

卖烧烤副词的大学
有个能愿动词托付趋向动词的
在问号与感叹号之间相互监控的电话
刚刚才在焦急家长与和善领导
及辅导员之间融洽打完
有一份抄袭的申请书被机器鉴定完毕
陌生的人称代词回眸向疑问代词嫣嫣然
就没收了他一张红闪闪的投票

冷风飕飕吹白发的股市债市大厅
落雪麦茬地上稻草人似的烂尾楼
银行巨额贷款蒸发的报道被反复压缩
成连词不再黑体大字登上头版
一群弄乱了结构助词的
行政秘书,一些饱饮垄断汽油
有轮子的中产的及物动词
重叠在肥沃的混凝土田野上

步行街对面竖立着一个大腹便便的
破烂的介词,而怀孕介词词组
怀孕多年怡怡然没有疯掉
而没有保险的地球居然没有破裂爆掉
缠绕我们面容的游丝刻入皮肤了
而西南废墟下,每灭去个幼小的动名词
就会相应地暗一点点静一点儿

无数双手破埙地缩了回去

2008.12

桃花源记

1.

他们乘高铁专列几十万人去围观樱花
我们三两个坐慢车晚点到达桃源
火车在常德郊外停顿、等待
桃花在暗中绽放

那些撒入夷望溪的花瓣，就仿佛
空白的没有邮戳的信寄给了没有地址的人

2.

天气就像是高兴那样
灿烂的桃花看起来就像一个人
爱上了世外的彗星，闻起来
像是春天来了

小牛、母牛和小狗追逐
毛毛虫在啃食大樟树
清荷、红莲的脸，夜里的鱼
呦呦鸣叫的鹿的脸
早晨的鸟的脸

都红了

3.

五棵柳树还在
在表达着绿色

我们入住旅店里
前厅，遇见的全是些
养龟为业者的后裔

我们的心桃子一样
饱满多汁，看那游子的骨灰
与游子母亲的骨灰
近在咫尺

赤霞腾飞在半空
驳船逆着桃花水的流向
我们举杯
我们浅吟低唱

一滴酒
滴入沅江

2011.4

“7·23”祭

都将归于尘土
但没有料到以那么激烈的速度

女儿拨来最后一个电话，发声的是死神

一颗仿造的和谐号子弹射向了另一颗
仿造的和谐号子弹，血肉
在内部横飞

他们本人出示证件，核对了照片买了票
号码被打在票上
殉葬品经过X光的透视检测
票上的位子定了一等二等，再被查票，然后
墓园整体启动——

那些波浪竖起来凝固了，是墓碑
那些楼群立正起来了，是墓碑
那些枯树一样木然移动的家属的身躯，亲朋
好友的泪脸
挤扁拉长了是墓碑

那些屏幕、版面、帖子是碑文是悼辞
雷鸣似的目光来回打凿、雕刻，境内外的报道
和风传的只言片语被解体、掩埋又被挖出拼凑起来

闪电和暴雨
静静悬停在空中

晚霞失色了，朝霞也是
血被提速地喷涌而出
躯干与肢体脱开，皱巴巴的脸皮粘在一块块
龇牙咧嘴的金属片上

是盗贼还是蒙面者在发布命令？
是传递者变换了指示？浮云将空中的信号计算错了？
谁发明的生命的公式得数竟是残缺的尸体？
活生生的人与镜子里的必死者
来不及交换一个眼神

闪电和暴雨和哀嚎
静静悬停在空中

2011.7.29

鬼的聚会

我们是否可以邀约着
去我们的母校附近买一亩地
请班长把过完了一生的同学们
召集在一起，而不要像校庆时那样
我们目睹母校代理人的势利

讲一讲毕业后的所有的事
那些失散配偶的事
那些滑稽的工作，倾轧与荒诞
科长与私企法人的友谊在加深
而下岗的和木匠凑在一起

如果一切可以重来
我们不希望回到那个下午
也不希望去接那个下午的电话
电话里说的什么已不再重要
班主任催问我们何时上学？

我们应该组织起来
不要再去计较什么老同学之间
某种背弃与生存的成绩单
我们应该帮助彼此挖坑，整理
周围的草茎和柏树的枝丫

我们应当尽量按我们原先的座位
各自待在各自的地方，等待
值日的同学代老师点名
开始唱歌了吗？鹰笛与人皮鼓
一阵阴风吹白我们碑石上的字迹

2009.1

昌耀墓前

那些桃源王家坪老宅楼梯上蹒跚的昌耀
那些被年画引向青海湖边的昌耀
那些扛着乐器去朝鲜的昌耀
那些脑袋被炸开流出脑髓归来的昌耀
那些在湟源、浅山以及祁连山深处劳改的昌耀
那些 14 人共用一平方米窗口的昌耀
那些地主的儿子昌耀
那些与自己的长子对打的昌耀
那些少年丧母又埋在母亲吴先誉旁的昌耀
那些 13 岁装睡没见母亲最后一面的昌耀
那些骨灰级的被空运回来的昌耀
那些伯父王其桂被毁于文革的昌耀
那些闪婚过回族姑娘的昌耀
那些生下汉藏混血的昌耀
那些昌耀呵，毁于文革的沅江上的
江心洲寺庙是否等同于
毁于 1957 年 7 月的《林中试笛》？
那些追踪海边女子的昌耀
那些挖苦着叫他写大字墙报
他说“别跟我来这一套”的昌耀
那些写“林中沼泽里有一只残缺的车轮”
那些写“暖洋洋地映着半圈浑浊的阴影”①

---

① 见昌耀《林中试笛》

那些写青羊“猎枪已对准头颅”①还厮打血架的昌耀
那些1962年耗子一样在深夜偷吃青稞的昌耀
那些临终在俄罗斯缅怀一个虚假崩散帝国的昌耀
那些从走廊转到高干病房纵身一跃的昌耀
那些对前来看望的部长难以启齿的昌耀
那些有脸朝黄土一生的儿时玩伴张太春的昌耀
那些昌耀呵，我们在惠芬的带领下顺着扭曲的山路
路过为你接生人家的房舍，在田埂
与田埂间一处不起眼的碑石上
在鞭炮的硝烟中找到了你雕工毛糙的名字
那些墓碑上省略了——
“猛兽的征服者
飞禽的施主，
炊烟的鉴赏家
大自然宠幸的自由民”②的昌耀
一捧黄菊花逊色于墓边长出的二月兰

2011.4

① 见昌耀《野羊》
② 见昌耀《慈航》

时光问答

我要寻找的那个词——它代表一切
代表了所有的寂静。可我始终没能找出的
是那只钟的破绽。它确凿地走动
它内心的轴承也许是一株
含羞草，它的柔弱只能让你苦笑。
一晃七年都过去了，我错过了
多少清晨、黄昏？在落日下，
为什么我总是感到卑微？像蝼蚁？
我的赞美给了谁？谁在赞美中变善？
“语言是用来行善。”我看到
那些旧稿，它们曾经是歌手，或者是
怀疑论者，但现在都成了哑巴。
唯一出声的还是那只钟，它只用
秒针走动，这带有轻蔑的味道。
你听——滴答，滴答
多慢啊，比蜗牛还慢。完了，衰老

在加速，事物们的混淆
在继续：茉莉花和兰花的香味
邻居们的长相、衣着，他们
篮子里的水果。我和许多人的相貌
对异性不怀好意的想法。
另一个七年？要绕着操场跑多少圈？
我在寻找的那个词并未现身——
它代表一切，在自由的意志下清晰。

死鱼与蚯蚓

我们扛着摄像机去拍死鱼。
整个湖面都是，没有缝隙。
夏天的中午，原来可以这般死寂——
水纹停止挣扎，
只有湖岸围住事故的面积，
并扯下垂柳作栅网，防止风声走漏。
我们的镜头知道如何处理
这样的场面：先给一个湖上全景，
即使看不到水；顺便捎上
周围的建筑和它顶上的黑烟。
然后就去拍横陈的鱼尸，拍它们
张开的嘴、僵直的眼，
以及失去力气的腮、鳍与鳞片。
几乎没有人愿意来到
这片恶臭充盈的城中一角，
除了一辆卡车停在岸边，

据说是这群死者的抬棺人。
在死因不明的情况下，鱼群
被粗暴地扔上后车厢，与钢板撞击
反弹，仿佛还能蹦跳，只是不知疼痛，
并被送往没有地名的坟场。
这是我有生以来第二次眼见
如此大规模的死亡：
儿时，暴雨过后的小镇上，
蚯蚓钻出泥土，拥上了大路。
汽车飞驰，碾过柔弱身躯，
血与肉，就在水渍中漾出一朵模糊。
而我和上学路上的小伙伴们，
以为把蚯蚓断为两截，可以
让它衍生出两条生命——
于是捡树枝、石块，
去截断那路面上的软体，
让它们成倍繁衍，以满足懵懂的兴奋。

猫

多年以后，当他坐在歌剧院里
仰望天堂的远景，在舞台上如脚手架般
机械地升起，他一定会回忆起
那个遥远的安静到近乎滞涩的黄昏：
一只半人高的老猫，身上的皮毛
多处脱落，露出麻褐色的斑，像个癞子
它挟着威严的丑陋和怨怼的目光

以并不优雅的猫步，将他逼向
布满蛛网、蝙蝠的阴影和尿臊气的墙角。
在昨夜，他们也这样对视过——
他满心好奇，掀开纸箱里的被褥
探视生下不久的两只小猫，却不料遇到了
它惊恐的眼神，充满了敌意。
时间有过片刻停顿，芝诺的悖论
但空气，却真切地呈现出冰的形态。
在寒意中，它叼走孩子中的一个，
在逃遁的慌张里将它咬断了气。
这丧子之痛，让它多余的奶水化作
以牙还牙的力气，在黑暗的角落
它猛扑，噬咬，利爪抓破
他嫩生生的童年，留下疤痕、愧疚
和延续至今的隐痛。
当他写下这些，又遥遥想起
这体无完肤的老猫，在铁链拴制下
耗尽了最后的癫狂，倒在苍蝇的尖叫中
他又恍若置身于安·洛·韦伯的构景，
怀旧的腔调，二氧化碳的暗语
《记忆》涌出如莫名的悲哀。
这悲哀，不是为了过去和难以捉摸的
远眺，而是这个下午慵散的一瞥——
陷在软骨沙发里，一只纯白的猫，
有异国的风情，催眠的叫唤
像是无关痛痒的蓝色春风在献媚。

壁 虎

可是在警觉而温暖的动物身上
积压着一种巨大的忧郁,它为之焦虑。
——里尔克《杜伊诺哀歌》

将会有,将会有戏剧性的一幕
在远处阻截他,蛛网像鬼魂游荡。
从自由的生命沦为
挣扎的食物,蚊虫的小意志,
蓄集,逆转,毁灭。它被缚的飞翔
将被栖息吞咽,不如糖果,
一层层剥掉甜蜜,在预感的味蕾。
如是说来,他的发育,是个错误,
不可避免的颓废像定时炸弹。
哦,他嗓音沙哑,一张嘴
就吓到了自己;他在镜子面前
搜寻身上的绒毛,心中的松脂
已经攒成一个琥珀色的小球。
难怪,他每天把废纸揉成一团,
反复射向倒伏的墨水瓶盒,用手指。
这技艺,让他的孤独变得饶有趣味,
因为能从空旷中准确地找到狭窄。
当他掐掉灯光的昏黄,放下蚊帐
高速转动的磁带会及时送来
曼妙歌声,隔壁孀居的妇人也一样。

他隐约意识到，录音机上的磁头
仿佛两只无助的眼睛，
他在惊恐中等待愉悦的到来。
过了半夜，我才能在屋檐下的斑驳中
看见他贴着墙根走来，他过去
多么瘦弱，仿佛有着一副月亮的骨架。
他害怕风，害怕柚子树的黑影
害怕我的尾巴，像针刺穿他的耳膜。
小心肝呀，一会让我爬到你梦里
"与不幸在虚无中相遇应该感到庆幸。"

雨，雨夹雪

——为 LXJ 而作

往往是这样，不是微雨，不是持续的
甜蜜将我们击中。这闪烁的雨，
踩着霓虹灯的节奏，它渴望春泥
而你早已烂醉如泥。
它令人神清目爽呀，但久而久之的
拉锯战却让人苦不堪言。
你在心里咒骂，湿淋淋的婚姻，
却又愧疚所犯的糊涂。
犹如雪，增添颜色，增添重量
大片鸿毛纷纷脱掉了鸣叫。
为了伤害自己，难免伤及无辜，
为了受折磨，不惜不停折磨。
你在路边叫嚷，没有车愿意载你——

天气的暴戾,同样始于温柔的层峦叠嶂:
不会有持续的甜蜜将我们击中,
生活往往如此,但也仅限于此。

快速说话者之歌

1

起先总是一只鹦鹉,衔着红铁
从医院里洁净的空气中穿过。
三两个护士叽叽喳喳,整个下午
她们在讨论对面商场橱窗里的鞋跟
能否高过八号房间里病人的体温。
而这只鹦鹉,从不可能的森林里来
华丽的羽毛,插在慰藉的花瓶中。
它叫着,嚷着,模仿
天籁的铃声。越来越响亮,越来越
急促——护士们继续着拖泥带水的
交谈,其中的一位还不耽误工作:
她拿出剪刀,将声音的脐带断为两截。

2

要从最亲近的词开始牙牙学语,要
从牙中取出智慧的芽。
她先要学习对事物的指认,对谬误的
指摘,不能指桑骂槐,也不能
指鹿为马。随着成长,她要

熟习造句，把词语抽象的根植入
看得见的土壤；要练习发声的技巧，
使拒绝婉转，如同接纳。
如果有闲工夫，还要努力把嘴皮儿
磨薄，像刀锋那样快——
“吃葡萄不吐葡萄皮……”“南边来了个
喇嘛……”哦，相声中俏皮的逗哏！

3

“听！那女子倏地把歌唱。那女子的
嗓音扯着细绳子直往上蹿。
它踩着高跷呢，在名誉的钢丝上
走动，避开了扩音器的耳目。
它翻着筋斗呢，你一不留神
它就溜到了云遮雾罩的、神学的崂山。”

“那女子唱的是花腔。那女子
宽敞的肺室中收藏着无数锋利的花枪。
她一张嘴儿，花朵们雀跃了，
奔涌开了。你看哪，月季花儿，
玫瑰花儿，从丹田中吸气。它们绽放
多像一束红缨在杀气中腾挪。”

4

那梗在她喉管中的，是表达的弹簧
而不是权力的塞子。所以当她混迹于市井，
不必如甘蔗林中的兔子，躲闪生活的甜。
其实完全可以更轻松些，和邻居们

开开玩笑，到菜场去讨价还价。
可以加快说话的节奏，效仿火车
提速和消费在新闻里的增长。
还可以顾左右而言他，以防舌头的腐烂
可以在互联网上植树造林，虚拟地
执法与行善。只是要隐瞒个人的痼疾，
核桃藏起结石，莫要让游医
顺着言辞的藤（疼）摸到了胆中的苦瓜。

5

说吧，头昏目眩的夜。说吧，时尚！
满月升起来了，它的光，它脸上的纹理
仿佛一张激光唱片。说吧，快，
再快些！翻过速度的山脉，以
慢下来的一段音乐，稀释时代的激情。
"可是我们的行为，多么接近于
无中生有。""是语言的王水消解了它的光泽。"
不如坐进虚无里，事物们
流出去，漫过了我的身体，秩序
是缓慢的。我试图说出喜悦
吐出赞美的荔枝，而大气堵住鹦鹉的嘴：
"赞美是无法说出的，因了你的缺陷。"

夹竹桃

慵倦，清风一样蜷在藤椅的篾缝里。

在似睡非睡间，一个老妇午后的小寐
犹犹豫豫.她脸上的皱纹一张一翕。

在不远处的树阴下，年幼的孙女在
跳皮筋。蝴蝶结踮着脚尖起舞，在头顶，
生命的弹性考验智慧的脑袋，在脚踝。

“夹竹桃又开了十三朵。”寂静的终止
从老人的喃喃自语开始，“我听到了它们
干净利落的绽放，像喜不自禁的爆竹。”

“一朵，两朵……”孩子掰着指头在数，
近在咫尺的童声。数到三，她做了个鬼脸
数到十，仿佛是核桃般的老人做了个鬼脸

即便在如此短暂的瞬间，孩子的注意力
仍然开过小差：微风扬起晾衣绳上的胸衣
短裙上的小碎花儿险些把她捎到了野外

当数到十二时，她停了下来——个头不够高，
无法看到树顶的一抹粉红，被条状厚叶遮蔽——
这是视觉不可避免的局限，不仅在孩提时代。

“奶奶，你要是明眼人就好了。”幼稚的孙女
扑进老人怀里，像嫩茎制成的强心剂和眼药水。
也许更需要另一片寂静，终止语言对生活的粉饰，

她仿佛陷入绵里藏针的倾听，夹竹桃那落沙般
盛极而衰的声音。在历经了若干年的黑暗后
无以计数的光明，突然泻向她所剩无几的衰老。

游　湖

你梦寐以求的近在咫尺，已经与你照面。

——荷尔德林《返乡》

明明是游湖，却屡屡被抛上一座座小岛。
在树木掩映下，石雕凝固本地的趣味，
石阶衔接风景，游人们不至于在散心时
也走投无路，那偶尔绊脚的衰草
不过是些颓废的点缀，和前面不远处
的喧闹相比，它将更快地化作飞灰。
“这边有佤族歌舞，那边是梁山后寨。”
植物学的移花接木，开始垂青于
民俗学和历史学的摹本，在浮桥上，
有限的知识随着身体的累赘摇摇晃晃。

“陆游号”泊在岸边，它熄掉马达，
而动荡的湖水却让它欲罢不能。
游船的名字与那位声名显赫的南宋诗人
并无瓜葛，这样的一种巧合，
或许是暗示，万物皆有穷尽的可能？
看，那些已经把美景尽收眼底的游人
登上了船，他们的说笑声在跳板上
弹拨，一两朵鄂南的小花缠绕着
女游客多情的食指，仿佛捎自恍若隔世的
梦境，无奈的返程于回味中如沐春风。

船向着湖心驶去。湖面上，斧痕
继续开凿。青黛的竹林、翠微的远山
在逐渐暗下来的天色中化为乌有，仿佛
它们的绿，一滴一滴地溶进了湖水。
月光也是湿的，没有颜色，它与湖水
一起流动，在无法目睹的地方交媾。
在肉眼可及的连接处，雾气袅袅
像声音悬于半空，给安静的外层
罩上另一层振聋发聩的安静。
游人进入了梦乡，疲倦由来已久。

此刻，游船在一片豆荚地间航行，
既畏葸不前，又乘风破浪。
在它的必经之途，豆荚的迸裂
忘乎所以，像原始部落的神秘祭舞，
像绿林好汉的肆意狂欢，在酒后。
豆荚在水上跌宕，粉身碎骨，成为水的
另一种形式；游船在水上滑行，
过于渺小，水填塞它过去和未来的虚空。
“并非存在，只是暂有。”屏息
凝神，喜悦的湖水濯洗悲伤的脸庞。

那些尚在梦中的游人，等待登岸的汽笛
等待湖边饭馆刺眼的灯光和小市场的
叫卖声将他们唤醒。在片刻的
流连后，他们将各奔东西，远离
这片辽阔的水域。如果还有回忆，
他们将纪念岛屿、歌舞和影视剧的拍摄地。
而我必将一无所获：苍茫铺天盖地
便无迹可寻。它伏在我的身体里

拆卸骨头、铁锈和一切坚硬的物质，
你即使脚踏实地，也只能随波逐流。

□剑男卷

我一直回避谈到

我一直回避谈到这个王朝
很多年，很多人一直以各种方式在谈论
讲坛、电视剧、图书，谈封疆大吏
江湖风雨、后宫争宠，谈宦官专权
屈辱的文字狱，谈君王游历江南
也包括士人的清谈，但我一直回避谈到它
谈到它官府的明火执仗，百姓的穷困潦倒
谈到它的外敌虎视眈眈，朝廷软弱无能
谈到它如何让一个民族曾经的荣耀
毁于一旦，我也羞于谈到辛亥年的革命
流血和牺牲，民主像一面蒙尘的旗帜
缺乏来自大地深处劲风的吹拂
它驱逐了什么，埋下了什么种子
我也羞于谈到它的共和，和旧军阀
王朝遗老新贵的妥协，它在
什么时候让人们热血沸腾，又在

什么时候如同对那个时代的反讽
一个漫长的王朝结束了，还有什么
没有结束，并且漫延到了现在
我更羞于谈到资产阶级民主革命
这个早夭的少年，昙花一现的命运
是它漠视民众还是民众漠视了他
是民族的幸运还是民族的悲哀
一个世纪过去了，我们以各种名义谈论它
是不是意味着那不过是历史的选择

前往彭刘杨路

夏天的时候，我从湖广总署车辕门旧址
前往彭刘杨路，在那儿，我能看到
被修复的一个世纪前的痕迹以及与它纠缠在
一起的冷寂和落寞。以前的马路被挖成几截
据说一条地铁将从这里穿过，——城市拥挤
人们的出行转战到地下，不知道一个世纪前的
声音能不能从它的下面传出。冷气从
一个时装品牌店的门缝中柔软地渗出，一个
民工紧靠着它擦手中肮脏的头盔，我向他
打听彭刘杨雕像，他很熟悉地往阅马场方向
一指说，你是说那三个紧紧靠在一起的人吧
这三个人真了不起，占了那么大一块地方
我说你知道这三个人吗？他们分别叫
彭楚藩、刘复基和杨洪胜，一个是鄂州人
另外两个一个是湖南常德人，一个是谷城人

他听了笑了笑说，我不认识他们，也没听说过
但我跟后面那个人是老乡，我也是谷城人
我也笑了笑说，谢谢你，我过去看看他们
我没有跟他讲到更多，失地丧权、民族沦亡
热血男儿，这都是一个世纪前的事情，也许
他更专注的是这个时装店门缝的一丝冷气

在春天路旁看到两只蜗牛

一只蜗牛跟着一只蜗牛，在
雨后初晴的路边，在这些野花的阴庇下
它们要到哪里去？秋天的时候，它们
是不是刚好能够看到那些成熟的果实？

它们用什么语言与那些花朵交谈？
那些孟浪的花朵在枝头颤动，如果
有一片花瓣飘落在它们身上，这
是不是最笨拙的坚守赢得了命运的垂青？

道路越走越远，它们能到哪里去？它们
是姐妹、兄弟、父子还是夫妻？或者
压根就是陌路者？什么力量能够让它们
停下脚步？什么力量又能使它们加速前进？

在春天的路旁，我看到这样两只蜗牛
缀在春天的裙边，缓慢的行进让人恍如隔世

穿黑衣服的乌鸦有什么罪

在正午强大的光线里，在事物深度的
阴影中，一群乌鸦出现在祖国上空

“——这么多的乌鸦
就像一片乌云铺在空中。”

有人不安，有人惊悸，“人世间有冤魂
乌鸦集体为他们披上了黑纱。”
——我想从前那些在宫廷为黎民
撞向廷柱的头颅，在牢狱中绝望地
将头颅伸进绳索的士子是不是它们的剪影?

“朕见不得这些百无一用的书生
像一群乌鸦把朕的天下越描越黑”
我也想起大秦帝国，百姓
青衣皂服，像一群乌鸦葬身大地

“——如果这些不屈的冤魂
从来就不曾转世，他们在空中
是不是加厚了这片乌云?”

在正午强大的光线里，乌鸦像
一阵悲风掠过荒凉的大地，有人
这样愤慨的质问，如古老的大地上

呈现的青烟、屋顶、良田和坟茔

一些人生前算计死者，也算计生者
乌鸦替他们背负所有的黑，如果这天空下
的每一寸土地都埋着一颗不屈的心
我不知道能否要求它们停止所有的噪聒

我希望乌鸦在这个正午能够神灵附体
在这个比乌鸦更黑的时代
我希望它们能理直气壮地质问众人
——穿黑衣服的乌鸦究竟有什么罪?

旧时光

黄昏的河边，一个落魄的书生
坐在夕阳中，一边撕书，一边满面泪痕

往南是荒草遮住的归途，幽暗、渺茫
像他头顶斑白的发，愁云密结
从前的寒窗、经书、册页、悬梁刺股
如今像一出旧折子戏，在他乡将大幕沉重拉下

过了黄河就要入冬了，霜露涌起
他想起早年的时光，先生手持戒尺
黄金的屋顶，颜如玉的女子
浮云散尽，拣不尽的寒枝，绕飞难依

“功名富贵，汲汲于尘土。”他又想起
远在南方的娘子，一个大户人家的小姐
委身于他这个穷书生，粗布淡饭，风
吹不动的哀愁，荒草遮住这其中的冷暖

那些大道，那些歧路，文字的迷宫和陷阱
如今他一一撕开，像他撕碎的这些纸片
它们不再是藉以改变命运的途径，只是
吹气即破的竹茸，在风中折出时光的暗影

他甚至在这样的黄昏沉入梦乡，金銮题名
笙歌欢宴，——醒来却不知身在何处
只依稀看见斜阳沉入古道，一条故乡的
小路隔着黄河在天边如海市蜃楼般浮起

路尽头的瓦舍前，娘子
青丝成灰，远远地望着他悲伤地哭泣

遇　见

残阳铺在路上，告老还乡的
老爷走在秋风中
看那缓缓飘落的芦花

一夜白了头，像一段旧闻
灰暗，含混不清；但明月一般疏朗

从前的时光多么缓慢
清水衙门,烟花柳巷
说起来寂寞时如此喧闹

后来,那路途的偶遇又是多么迷人
像那正在长大的后生遇见关睢
像那老实的田舍郎遇见织女
像在牡丹亭,一句原来你也在这里

呵,那时多么潇洒,不知
时光何以白云苍狗

听杜牧在太湖边这样歌咏
李清照在词中也这样吟唱

但当他回到故乡,当年的
她还等在荒凉的村口
风吹过那些旧事
吹过不堪的命运

他只听见另一个声音在唱
时光何其残忍
我遇见你,风再也
不能拂去其中的尘埃

祖　母

当一切以寂灭的方式结束

不再有哀怨,当一切回到最初的样子
不再有泪水,当生活依然在继续
像一件旧衣服打满补丁,当日子
也是捉襟见肘,爱在埋怨中漏洞百出
一个老了的祖母是被遗弃的祖母

“有一天,你也会成为一位祖母。”当
未来可以清算,过去无法结束,当晚风
吹过庭院也吹过矮木桌上的稀饭咸菜
一个老了的祖母要在黑暗中剔被凉水塞住的
牙缝,然后呵斥在忙碌中沉默不语的媳妇

它微微欠起身,但有些摇晃
她埋怨世风日下,但无人倾听
她痛恨镇上那些衣着暴露的女子
但在慵懒中无意露出自己干瘪的乳房

“这是什么世道?”这是她说得最多的一句话
五十年前儿子夭折时她没说过
十年前女儿病逝时她没说过
五年前老头辞世时她没说过
但如今是她对这个世界最大的疑问

她唠唠叨叨,喋喋不休
似乎正在与这个时代背道而驰

养蜂人

追逐花朵的人，在从鄂北通往豫西的途中发现
花朵越来越少，往年油菜花在大悟一带
还有些规模，如今变得稀落了。在河南光山
原先大片的油菜地变成了一个工地，公路
两侧的槐花也越来越少了。他想起从前
槐花开满枝头，公路像穿上镶有花边的大氅
他把蜂箱停在路边，有人将车停下来问他买
蜂蜜，如今车辆都上了不远的高速公路
老公路像一个弃妇，远离了青春的好时光
他不明白那些老槐树都到哪儿去了，消失得
为什么如此快速？晌午的时候，他把车停在
光山马畈镇，想到那些跟他从湖北来到河南的
蜜蜂，像一个落难的人访亲不遇，他突然
感到这个春天变得有些清冷，并不断冒出丝丝寒气

幕阜山东行

绵延起伏中，一群人在穿越，树丛密过
它们缜密的思想。——“一个被遗忘的
时代藏身其中，像一棵老树落不尽它的
枯枝败叶。”——他们选择江西修水方向

森林茂密，流水在腐叶下穿行，他们
偶尔也会碰见这座森林的主人一条
竹叶青蛇，一只麂，或两只山雉，但似乎
看不到一丁点那个年代的痕迹。枯骨沃土
残花恶草，是不是森林像一位宽厚的老人
有多少存在就有多少被遗忘？黄昏的时候
当山中炊烟升起，黑暗临近，他们感到有一种
力量在心中生长，但没有谁说清楚这种力量
来自哪里。就像这座森林本身，一切
都被丛林深深掩埋，一切又被它深深雕刻

焚书者

一个影子的王朝或花园，秋天在
返回，大地的颜色在加深，焚书者
旧日的诗稿在火焰中
这凛然的西风中还有什么在焚烧

青烟里有小小的火星，它们飞溅的
是不是和我一样怅然的心？它们复又熄灭
是不是我黯然灵魂的替代或消失？

我烧掉这些书籍，作为对知识的祭奠
秋阳呵，请温情地照耀它们，这
从幼稚到青春的灵魂伴侣，如今我送他们走
请接纳这些青烟中翻飞的蝴蝶

我知道，皓首穷经中有多少人
对人生犯有过失，就像我，在字词中重复
他人，在故纸中远离大地、劳动和
一个人的景德懿行，心灵再也不能
和鸣这秋天深处西风的弹奏

如今我将这人生最深的羁绊烧掉
我对那些枝头的果实起誓，从前
有多么迷恋，如今就有多么决绝
从前我对万事万物慷慨陈词
如今我将缄默，坚决回到泥土和内心

我对青烟中自己破碎的脸起誓
当一个影子的王朝或花园在焚烧，我将
不断地从它的灰烬中吹出欢乐的火焰
为秋天那些低垂的头颅，也为
大地深处那些卑微的、不屈的灵魂

雨水的弹奏

这样的声音被推向高大的苍穹，
时光的触目谁可以倾听？
雨水把天空降低了，我在
一根弦上找到今夜的力与深度——
油漆剥落的门窗，绿苔的墙，
风中摇晃的金玉米、红辣椒，
生者粗重的鼻息，死者复活的灵魂

以及谷香中裂开的村庄。

我今夜的弹奏到雨水为止。
这源于秋天全部灵感的一瞬，
我的乐音悬在你的瞳仁，像
一阵风廓开荒凉中的炊烟和往事，
廓开迷惘中蜡黄的脸和沧桑的额，
我坐在漆黑中，就像返回
从前的小河、水库和田野。
我扶住岁月的手，用伤痛
扶住另一个伤痛。

如果这样的雨夜有庞大的回响，
惊动了低矮的茅屋和咯血的肺，我
将把这个雨夜弹破，露出早起的农夫，
面显倦容的我们的母亲，——她
在井边吸水，又在柴薪中映红苍白的脸。
我将在雨水中弹出村庄屈辱的泪水，
它一生无法改变的悲怆的命运。

秋风辞

进入秋天的风悄悄吹来
一开始它是怡人的，但慢慢的
我看见了时光的疾驰，灼热的
变成凉的，河水终于松开了心中的沙粒

腰慢慢地变细，像一些难言的往事
经过时间的淘洗，去掉了一些
一些变得更加难以释怀，风要
吹破一些脆弱的屋顶，炊烟要弯在
心扉的结痂处，朝向故乡的方向

逼仄的生活，越来越开阔的天空
我知道河流上游越来越斑斓
但现在是遥远的，是风在层层剥开
包括永远跟在山冈上的月亮
和萤火虫一起闪烁的灯盏

以及灯盏下一些苍老的身影。这
阵风有时候会吹开心中的淤血
带来上游稻穗的暗香，牛羊的欢鸣
也带来亲人的气味，瓦上的重霜
就像一种态度，有着无边的接纳和包容

它穿过一条河两岸波澜壮阔的生
和安详的死，但不是无情的
它在深夜的呜咽深深揪住一些
沉睡的心，但不是冷漠的，它

和那些背井离乡的人一样，漂泊、犹疑
就像难以接受又无法改变的命运
当故乡在风中一闪而过，望也望不过去

□黄　斌卷

在大雪中写下一个“愛”字

在大雪中写下一个愛字
繁体的　多出那一颗心
就像这场大雪　多出了我们的生活
不是在心里想写　而是用手指去写
食指或拇指
写下这个繁体字的
愛

写下来　就足够了
一笔一划写下来
手指冰凉　心中感动

沧浪之水考

漾　是汉水的乳名
我可以把荡漾
还原为汉水摇动闪烁的波光
《禹贡》上说　嶓冢导漾
东流为汉　又东为沧浪之水
《汉志》颜师古又说
漾水出陇西氐道……
出荆山东南流为沧浪之水
即渔夫所歌者也
啊　也就是说
汉水流到现在的郧西　郧县和丹江口一带
就是沧浪之水
也就是在这里　有渔夫的放歌
和汉之游女的身姿和对白
汉水的这种哲学和美学的品格
其来有自
现在　政府正在加紧南水北调
要将一江清水送往北京
啊　这些清澈　温良的沧浪之水呀
又将像血
流进祖国干枯的心脏

仅属于自语的抒情

美的影像何尝不是幻像
但只要你有　它就是一个固定有效的
戒疤　很敏感　很痛　足可证实人心之小
如一朵春花之枯萎　有浓缩的老去
再老去　而成泥土　老去成无望的明年
老去为天上明月的喻体
有圆和缺的修辞　但遥远
也不着边际　只有表象的统一性
绝望之必要　在于不可弥合
只有如许轻微隐约的映照
那刚刚离开的五指　立刻遗忘了触觉
有如怀念的发生　就此开始
只是它爱过的曾经　消逝为无差别之烟尘
它在欠缺中　期待一朵花重新开放的五指
和它不可重复的触及

过　去

你说那是我描绘过的
其实未必　我惯于撒谎
我有宫廷画师的手和眼睛

知道过滤和删除的必要
其实我心中的山水　也是假的
不必真　和春风一样仿佛
仿佛昨夜细雨　你听到过
但那是有所欠缺的听觉
人性必将是很多性　不是那一个
男女　或者抽象的阴阳
我一直好奇　不知是大江送水
还是水流大江
但我会认同水流的合法性
诸多让人着迷的事物
或在于此　并且在流动中
固有不失
它们春色无边地拱一下背脊
然后又重复地再拱一下
你乐于接受这样的障眼法
这流动　你未及分辨
它已然过去　在一种沉默的欢乐中
不用道别的过去

用一首诗抵抗失眠

虫声无法埋怨　虽说它一声声
发挥章鱼的效用　这热烈而无知的
自然权利　其实令人受伤一样感动
海一样的秋天呀　给你无形的统治
或许无形　即是所有统治的本质

你知道楼下的栀子已谢　叶子腆着中年发福的
肚腩　颇有点油水　比成功人士更自然有趣
而木芙蓉还在暗处　分裂自己的青春
有一点华美　还有一点忧伤
这些发生的事情　无不皆因凡物皆有此时
物和物的悲伤　有如人之异己
无法交换　只能各据其位　僵持　对立
若能相望　即是有缘
黑暗的同一性或许是黑甜乡的注解
也是梦想的注解
虽说这不能保证有人木叶一样醒来
而一无所视
但他并不担当守夜人的角色
哪怕他一直在质疑体内的生物钟的 24 小时
一个貌似个体的公共时间
他把醒寄托在对生命的无知里
把沟通的机会交给盲人
一起忘我地讨论　可能的触觉　和可能的听觉

或许只有诗歌才能捍卫生命的光荣

在一个狼性社会
无边的欲望被反复放大的社会
或许只有诗歌才能捍卫生命的光荣

除了美　诗歌强调的是牺牲
和一些没有利害的小细节

去做一个诗人
意味着去把身体架成一堆柴火
那就是汉字 人

忍受 习惯于被剥夺
但心跳的火苗从不停止燃烧
疼痛是一个句子
爱 是另一个

诗歌 因此会回到它的本相
燃烧得彻底 干净
看上去 就是一根根汉字漆黑的油墨

□修远卷

华坪

群山静默，惟闻水声流淌
我奋力掷下一支烟蒂
恍如流星坠落于眼前。
人生幸福，多少繁琐的细节
我逐渐解除戒心
事事定于谈笑间。
阳台上，我吐出四十年
胸中块垒
山上，繁星点点
与海天连成一片

2011.1.31

梭 罗

沿着梭罗路走向高山
一路上，我认识了香蕉、芭蕉与芒果。
在一所宽敞的土院子中
几群人，聚集着摸牌、赌酒。
其中一桌，几支啤酒注入一口很大的汤碗
一人捧碗缓缓饮尽
吃得赢者开怀。
有生第一次，如此夸张地吃烧烤：
我们围着一口大铁锅坐定
看主人——
往铁筛上倾倒两盆大块的肉食。
如此大口吃肉，大碗饮酒
在丽江华坪，我将永远铭记这样的人生

2011.2.1

祭 坟

清晨出发，我们尽可能减少身上的衣裳
直到下午两点，仍在华坪的山中翻行。
谁也记不清，在那茂密的香蕉林中

我们气喘吁吁
到底歇息了多少回。
望见玉龙雪山，纷纷拍照留念
而这山，热得光起膀子。
终于找到岳母遇难的地点
简单的埋葬
没有石屋，没有碑文。
将来每一年，我都将翻越这几座深山
扛一大串香蕉回家
直到也离开这人世间。

2011.2.2

荣　将

从荣将出发，我们包车赶往昆明
辉煌而短暂的街道上
不见车辆与行人。
这是大年初二的拂晓，我们
驱车驶向高空
我看见：月朗星稀，星辰齐坠于山谷。
车灯投射之处，最远的视线不足十米
偶有树影款款走过
山谷高深，亦使人心虚。
从荣将经攀枝花，最多百里的路程
我们缓慢行驶，迂回了几个小时
这一路的行走如在梦中

直至黎明，我们绕山而下
环看朦胧钢城

2011.2.4

十月三日东荆河江堤访友不遇

如此自然的风光。
我决不留在城里
虽然访友不遇，我还是看见了
人群看不见的东西

我，不需谁承认
我，不需谁认可
独驾小舟巡弋辽阔的湖面
忘情于天水间

2011.10.3

回乡偶书

初夜驾车驶入乡间的道路
仿佛一颗星辰归于静寂

一下车，空气中弥漫大粪的清臭

不过比铜臭味好些

迫不及待地，我跑到后园牵管浇菜
土壤从微光中顿时醒过来

饮酒。吃烧烤
不知不觉露气加重了几分

一个人住在乡下！
总感觉有人看着你入睡

这是一个城里人的心病
这是我暂时的悲哀

2011.10.3

□ 吴晓燕 卷

牡丹亭

1

“宜临水，遍植芍药
宜于暮春时节，着湖水蓝皱丝袍子
行过太湖石
埋下一个名字”

2

四百年后，你于台下
含泪看他缓缓现身
等待他于欢呼的人群中认出你
等待说出
“我曾在牡丹亭畔遇见你”

3

走出戏院，你在突然而来的又一场寒流中打了个喷嚏
你紧了紧怀中的物什
没入夜色
借着路灯
可看到那物什上斑驳的字迹："牡丹亭"

4

夜里，你睡得很不安稳
恍惚该给临安府打个电话
你拨下区号"0571"
却忘了要找的人姓 L 还是 M
如果接电话的人自称姓杜
你又该说些什么

不是每一个春天都击中内心

今年的木棉花开得很安静
从左起第六棵开始
分别向南和北蔓延
"谁也看不见你的燃烧，直至成灰"
二楼西座窗户里的人
跌坐在现实里
偶尔抬起头，捶打酸疼的背部

在去年春天的旧句子上停留片刻:
“不是每一个春天都击中内心
除非你正盛开
我正经过”

致——

1.

现在,你是我近处的另一颗
尘土,安静里
满溢着忧伤
(那些柔软的光芒)
我们失去了叙说的能力
在泥土之下
交换着微弱的暖意

2.

我记得你飞舞的样子。
那些光的翅膀。

3.

“我整日价昏昏然,
错看那乱纷纷花丛里
少年儿郎……”

4.

今年春天,木棉花未着一朵
而春已尽

5.

如今,我们是两颗安静的尘土
对春天不置一辞

6.

花朵们纷纷走避。

寄——,关于新田围

“这只是原野上一座破败的老屋,”
我会这样开始,然后
在突然而至的泪水中,停留片刻
你保持一贯的微笑,
我顺着你的眼神,再次看到
月洞门外肥壮的芭蕉
它站在那里,
直到又轻又白的云朵
落满
月牙状的池塘

为某日登高作

我登高　而不望远
紫色的灰霾笼罩
光线穿过云层
河流、桥梁、建筑
一一排列
在预定的位置
我的祖国秩序井然

我登高　而不涕下
不强说愁
秋天也还远着呢
这是夏天　正午阳光猛烈
我的祖国宏大明亮
阴影和忧伤已无处藏身

在 454 米高处
俯首
那些被吟诵的亭台楼阁
我遍体生寒　两股战栗
忘记了所有的诗词歌赋
只想匍匐在地
在 454 米下
我的人民细如蝼蚁
一滴泪水

就可以淹没

和儿子谈孤独

是在听《My Love》的时候
你说,你有时也会感到孤独
我背对着你
既欣慰又若有所失
我说,很好,说明你真正独立了

孤独是你的疆域
你是自己世界的国王
而妈妈,也不能成为你的孤独王国的公民
从身体的分离开始
现在,你的心灵也将独立于我

被歌颂
也被诅咒
而孤独,正是灵魂的出生纸
你将独自探索灵魂的疆界

关于孤独的秘密
这只是其中的一些
在需要它的时候
拥抱它吧
在不需要它的时候
拥抱妈妈

“孤独无药可医，
拥抱是唯一能减轻它的良药。”
这是孤独的最后一个秘密

2010.11.2

黄　昏

白日将尽
黑夜还没有铺陈开来
所有静止的事物都呈现出沉思的状态
其余的
匆匆　朝向自己的方向
在它们中　某人
被突如其来的软弱击中
他停下脚步　惊惶张望
在越来越重的黑暗中
深深　弯下了腰

2011.5.17

碎片或拼接

“你确定她进去了吗?”

幽深,细弱的手电光
洞壁的皱折
软而温暖的淤泥

白色裙摆拂过仓耳子

微微的动,在淤泥里
从脚心传到全身
寒毛如蛰伏的兽
迎面立起

风,从中午开始刮

你把脚抽离地面
四周是抓不住的黑暗

“那么,你确定她出来了吗?”

确定吗?
确……定……吗?

风贴地而走,仅半天
整个天地就大白于四月
积年的寒气从膝头
游走
你在四月里
兀自打了个寒噤

2006.4.12

□ 柳宗宣 卷

北京纪事

无名黄昏

——给画家王琰

因为忧伤，记住了那个黄昏
皇木厂。938 支线。从画家

刘文进空荡的房子出来
夕光斜照——我要倒车

回到宋庄，回到租赁的院落
暮色降落——夕光中所有花草

需要怜悯和关怀
它们就要度过自己的黑夜

亲人四散,你为何漂泊
过去的房子空在南方

那些藏书与你血肉分离
为什么流浪,大地如此

荒寂,你要从何处寻找殿堂
我的故乡,一脸菜色的妹妹

我拿什么奉献你们
什么时候我们关心生命

而不仅仅是生存,王琰
这时,你打来电话

关心我推迟的晚餐
泪水莫名地满溢出来

我记住那个无名黄昏
从内心涌动的忧伤

今天,看见自己身披夜色
回到你灯火照亮的乡村酒吧

街　景

342 路公交车折腾得厉害
要你看清这里的破败和混乱

北京像一个工地,北京
就是一个工地。当它完工
我们的漂泊是否结束
一座新的城市是否诞生
文明和自由真的让人亲近
把它装在身体里
——尾随我上街的一个人
隔着多年的时光能看见
在京城,他挺过来了
但什么幻念也消散了
路边拆毁的房子一片瓦砾
如同,他内心的建筑

到高楼金寻黑丰未遇

我们散步的田野间的土路
杂草变黄了。两条狗在新耕的
土坷垃中间,它还望着我们
听我们说话。夕光从田垄边缘
斜照过来,我们的脸和身体
很快就消散。我们在这日益
缩小的村庄骑车跑动,爬到
树上采摘红熟的柿子
田地的红高粱刚刚刈去
麦苗就出现在那里
土地永不衰退的生殖力
从中我们获得暗示与力量
我们采摘的柿子紧紧抓住枝条

柿不离枝。一个俗语被我们体味

周　围

周围有很多出口，只挑选一个
很多条道路，去往许多地方
可以伸向湖北老家，很多的人
但只和几个发生关系

有的把房子建筑到怀柔光秃的山上
或隐居在某省某市的单元楼里
有的把过去的家和单位丢弃
纷纷北上，进入宋庄农民的宅院

我的周围有张家湾遗址，也有
新造的欧式小镇风格的太玉园
汽车如流水，在五环路上流行
也有蚊蝇在大气中群体出没

周围的空间自由得无边无沿
那外部世界的内在空间
而我不断地扩展着它
把周围的半径放大

老于在昆明，高尚在兰州
哈尔滨是张曙光，滨州是雪松
香港有黄灿然，美国有弗农・弗雷泽

而圆心在皇木厂，我的身体
道路指向与身子相关的宅院
外部的风景、云霞与飞鸟
友人从四面八方向这里靠拢
连同蒙古沙漠尘土的潜入

访人录

从暖气的房子出来，过景山东街
103 号电车，正在开往北京站
我熟悉这里的美术馆和小杂货店

五四大道，裸露红砖的旧式建筑
转弯处，恍然看见梁漱溟
灰布长衫，腋下夹着《论语》

往东北方向望过去，刘和珍喋血
的遗址还在。你随时会碰上一个个
幽灵，从灰色墙角转过它的身子

一位年过古稀的长者，须发皆白
活动的半径在减少，老病的身体
让他无法回到浙江余姚的老屋

整理旧籍，忧国与民上书进言
读书心得转变成总理的文案用语
这是他在世的依凭和慰藉

当亡妻化为青烟，他茶饭无心
欲语泪先流。孤灯下参透生死
视死如归：一滴水要回到大海

意欲从另一个意义上获得不朽
而他何时争得个人的独立，反被
抽干，变成时代的模型样品

112 电车开往英家坟延伸至康家沟
北京像摊大饼，外围无节制地放大
他在老城中心，活动半径越来越小

从王府井到三联书店

108 电车在穿行，避开步行街
绕回到榆树下的站牌

路面上的人不多也不少
散满淡青色洋槐花

沿途的涵芬楼书店
和半坡地下啤酒屋

胭脂胡同还在那里
你可以曲折地望进去

十字路口的报亭和花店
百合花的余香停留于此

越过电车的纵横网线
发现院落柳树间的鸦雀巢

多路电车从茶馆落地玻璃
穿过，柏油路寒光闪现

没有泥土的街市。那块空地
云贵高原的少女打来电话

一场初雪，清冽的气息在扩散
天主教堂。白果树橙黄的

六角叶片停歇在甬道上
又随时会起飞。三个身著

白大褂的妇女在槐树下
修剪板寸头。从三联书店出门

我看见这里的缓慢与悠闲
“他们是中国人，他们有点慢”①

雨

雨镇住了这座城市的烟尘和扬沙
开裂的地面在使劲地吮吸

① 引茨维塔耶娃传记中的一个片断

人们在雨中跑着，仰着脸
这梦想多月的雨，雨在下

什么都可以缺少：大钟电器
新京报。护肤蛇油膏。不能没有雨

我以为它把我们遗弃了
雨在下，它领我回到南方

从美术馆达利画展上出来
在走廊，我看见了新奇的雨

那是来自另一个世界的声样
一个个精灵它们往来于天地

北国之秋

燕山之北的寒风还没有吹过来
夏天的炎热和不安在渐渐退去

从地安门天桥能看见燕山的轮廓
蓝天一溜烟地蓝下去，天空突然

变得开阔深远。飞机在空中
拖延着两条银色的细线

此时菊花照亮宽敞的平安大道
石榴在东四院落的阳光中炸裂

矩形的阳光铺在兵马司胡同里
柿子挂在光秃的树梢孤单透红

我和自己相守在一起，书房里
窸窣声来自铅笔在纸上的划动

登首象山记

——赠孙文波

我们迎着它走去，在冷风中
它是一座独立的山
不高大，也不矮小

褐色的草丝间残留的白雪
小块山石，腐殖性的黑土
没有人工的道路。你走在前面

这是世上最少有人登爬的山
草丛间隐藏的路迹，那里有着
你走过的留痕，在我前面你早已

登过很多回了，而我是第一次
你把它一次次地写进诗中
为那无名、边缘的事物命名

枯黄草丝向南弯曲的
形状，是北风留下的痕迹

从草木树茎的本色，灰褐色的柿树

想见春日的嫩绿和秋日的金黄
现在它彻底地变成了灰黑
光秃枝茎呈现它的苍黑

就像你要在接近晚年的时候
自然地把诗写得荒凉悲伤
鸟从山坳带着嗖嗖嗖的声音

冲进视线，又坠石一样消失
在山腰的豁口，我看见
莽莽起伏的燕山。首象山

独立但不孤立，把自己融入山脉
我满意自己找到最佳的视点
在北京之北的山上四顾远望

我们站立的山石就不再是边缘
你上苑村的红房子
我们依恃的首象山就是中心

雾霭笼罩中的北京城，鸟巢
首都机场扇形的三号航站楼
凌乱野地匍匐着向我们涌荡而来

酒后与文友步行夜归

城际轻轨从头顶隆隆驶过
我们即兴放弃乘车，步行

这小城的路灯，道路与楼群
我们看着它们一点点建设

完好，它的前身是田野
杂草的荒坡、高粱地，转弯处

曾是一个大水坑。在北京
通县，任何一处都收藏着

我的记忆。我和妻子走在
滨河大道，过东关铁桥

路边的农业银行。小白羊超市
想着自己从湖北脱离出来了

北方天地开阔，新华大道
驶入东三环上空的云层

322 公车从四惠站驶往五夷花园
在拥挤的乘客中怀揣一叠纸钞

——我们从县城一步步走来
上升到首都——白塔的顶端

直观国家的形体，相同的人
的不同生活，和一样的命运

——对词语和自由的热爱
让我们闯荡京城，共同一个故乡

亲切的方言。酒气中敞开衣襟
陶然于明暗之间的散漫行走

非常时期

连窗外漫飞的柳絮也惹上
SARS 病毒。在狭小的阳台
像动物在张望，一抬头
发现他人在另一扇窗口偷窥

我的偷窥。总想逃离屋子
那条狗叫唤着要奔突而出
路人带着口罩，初夏一片白
黑色轿车内两个晃动的白影

街道两旁的门店紧闭
行人减少：一座封闭之城
偶然的人相遇：紧张惊惶

逃回屋子在阳台上四顾茫然

这新居也不能让人安身
慌张的身体如何能让心安稳
手机短信在传达朋友的问候
或暗示着我们共同的恐慌

妻子戴口罩闯入福兰德超市
灯光攒动中，抢购食盐和粮食
我在街上一角等候她
身体的某一部分跟随她去冒险

一个疑似病人在城中游走
连虚拟的交往也没有心情
突发的病毒传播至梦的领地
在性事和音乐中寻找遗忘
阅读圣经马太福音第十三章

西下的太阳从绿树照过来
透过玻璃落到书房的地板上
什么时候死亡将你找到
新房子新春天给病毒废掉

死亡笼罩着谁也不可能幸免
不管你的口罩有多少层次
手洗上多少遍，仿佛病毒渗入
到空气里，你我束手无策

但我们要活下去。明天我们
就要死去，今天你如何生活

树影照进居室,光线画在地板
寂静的心在语词之间颤动

我们克服不了死但可以改变
对死亡的看法。我还得出门
看看这世界:它囚禁着我们
充满威胁和流放的气氛

是谁制造了 SARS,又是哪些
组织让它在街市繁殖传播
如何与之对抗,与之共存
一不小心我们遭遇集体惩罚

重　叠

地铁移动着车厢
我和你:侧身相向坐在
站台铁椅。你脸色苍白
额头夹杂几丝白发
从谈话缝隙,看见早年的你
容光焕发,散溢清新的气息
当我们边走边交谈的时候
在江汉平原柏油路上
你家中,沙发上抱着儿子
丈夫从侧门出来,不热情
也不冷淡。你指着儿子
说,这是你最后的作品

儿子在桂子山庄客厅跑动
书柜的藏书让你的房子亮敞
我们漫长的忍耐是为了
灵感突然到来的心动
现在,我们落坐在首都
的地铁,《弗洛斯特全集》
搁在你双腿。像换了个人
变老了,你从死神那里挣脱
身体一点点变硬。一口气停在
你面前一米远的地方
你说你要活下来,你向神祷告
那口气缓缓回到身体里
你看见了自己在世的流浪
可怕的世界,你就在其中
身边的人打骂你,伤害你
你都承担了,你不愿死去
你还要和敌视的人在一起
这是你的命,你不得逃离
你要把你的儿子带大
你爱着母语,不愿被流放
帕斯捷尔纳克曾探望过
茨维塔耶娃,诗人对诗人的
惺惺相惜。而我远离你
淡泊、自尊地想念
你说,你会好起来
身体的知觉在一点点恢复
声音变大,眼睛发光
脆亮的笑声出现在谈话中
一瞬间,发觉多年前的你
忽然回来了,她们重叠在一起

□ 钱文亮 卷

路过东上澳塘港，桥上停留三分钟

傍晚我路过东上塘澳港，懒散的阴天在前方展开
我在桥上停留了三分钟，无人的路上青草在比赛

东上塘澳港的流水映照不朽的天光
我在东上塘澳港的桥上停留了三分钟

我胯下的自行车喘了六次气
速度的侮辱已使它衰老和狼狈
万家灯火，也不能安慰

2011.6.7 于古龙路上

檐鼠，答某人

檐鼠偷走了时间的水滴
而飞翔已经过于漫长

他的翅膀借给了固定的波浪
他的四趾缠住了轰响的电线
他的触须因不尽的微风而激动

檐鼠习惯于白日的大路
而睡眠已经过于足够

驻足于白日的大路路口
他拨拉雷达的小耳收集小道消息
趁夜深人静从左耳把自己传播出去

檐鼠有着沉默者锐利的眼睛
多少风尘已经被他穿透

他习惯于把洗碗
当作生活的结束

2011.9.2 于万源城

登山宝训

有人引吭高歌，奋力猛登
搭车蘑菇云的裙裾
揽众山于眼角
有人蔼然下行　像山那边
若远若近的烟岚

转过头角峥嵘的
青岩
白色的小路失踪
像小鹿
遁迹于宁静的树林

上山的人们争相上山
野草也有了英雄的虎胆
万山丛中
一两只荒鸡
啄破滚动的恐龙蛋

2011.11.21

乘车过河的男子

他在黑暗中失明
在大风中也不放声歌唱
他的身上找不到河流
他的历史是海

他在夜里梳头
他向身体妥协
他从睡眠里掏出乌云,这时候
野火在桥下
遍地燃烧

他多次遁于模糊的铜镜
带着一身无辜的白雪

2011.11.28

那群人

那群人端着不能饮用的红酒,躲在绅士的外套里跟自个儿
　干杯
那群人找了 N 多理由才微笑,经常在金色大厅打臭屁

经过他们我忍俊不禁

假发丛中我捉住耍横的秃鹫

那群人围住早已失传的手艺，吭哧杭育背叛各自的祖籍

2011.11.29 于万源城

□ 舒飞廉 卷

练习曲第二十一

一边是波光粼粼的水库①，
在群山的环抱里，九点钟的太阳洒下白金，
马尾松沉思进他们的世界，
阵阵松涛里有模糊旋律，
清淡的松香，让出没的甲虫欣慰。

没有窗户的房间何其简陋，
看守水库的人还在沉睡，
他养的鸡群早已漫步在山岭，
隐隐传来童子鸡的涩涩打鸣，
宣告世界已臣服于它们。

停车在黑色的山间公路，
你远眺那波光粼粼的水库，

① 湖北随州琵琶湖水库。

被拱卫在草木的迷途，
巨大的灰色蝮蛇跃过车前，
让你的同伴陷入惊恐。

这是一段被遗忘的行旅，
后来被命名为梦，
荒凉宇宙的一瞬间，往下，
群山环抱，九点钟的阳光，
幻化出多少白莲。

练习曲第二十二

我与她初次相逢，
是在大别山中的武林镇，
做一个农妇织布种地，
还是留在山洞里一生修行，
她都未曾决定。
春雪融化，荠麦青青，
山中幽兰香气四溢，
令我头脑空明。

我与她再次相逢，
是在长江边的黄鹤楼，
去长春观烧香，
又去崇宁寺拜菩萨，
她的船停在鄂渚之上。
夜凉如水，她轻吟低唱，

青泥之中的十万朵莲花，
皆被她催发。

我与她的第三次相逢，
已经到了海角天涯，
她去摘丛林中的浆果，
她捕捞海水中的鱼虾，
将椰汁酿成美酒打发时间，
春梦婆，渔民们都这么叫她，
海滩外合欢花似火，她走得比我快，
也醉得比我更深。

我与她在黄泉路上告别，
在这一生行将结束的时候，
才发现彼此的念想，
我炼我的牛头散，
她酿她的孟婆汤，
奈何桥边，曼陀罗花永不凋零，
她忙着抹掉记忆，
我忙着致上死亡。

练习曲第二十三

亲爱的，我们一路向西，
江汉平原，落日返照，
利箭一般射透车窗，
射透我们的身体。

我们去参加乡间婚宴，
或者葬礼，或者是婴儿的满月酒？
亲家母挽着竹筐，鸡蛋，面条与猪蹄，
上面盖着青青柏枝。

红烧肉端出来后，
堂屋外放起了鞭炮，
主人出来说对不住对不住，
这时候我们都已经喝到半醉。

你盯着我，说我的脸在变化，
像我去世的祖父，
像那个躺在婴儿车里大哭的孩子，
像你在村头看到的那头牛犊。

如果听任堂兄们的规劝，
我也许会大醉一场，
当明月升起的时候，
我的脸最后会消融在酒精里？

经过了万千的变化，
这已经成了一个谜。
亲爱的我们一路向西，
江汉平原上，明月升起。

练习曲第二十四

走吧，我和你，去楞枷城。

白云缠绕的青山，
在密密的绿杨、菩提、银杏树外，
我已看到它高高耸立的铁青城墙。

天龙八部将它守护在海滨，
风霜雷电之外，更多的劫难，
来自宇宙随机的变迁，
将它拯救出虚无的乌有乡。

多少人隐姓埋名老死在这里！
金银财宝只是最初的祭礼，
接下来是灵魂冲出血肉的藩篱，
散落在恒河沙数的石阶上吟唱。

走吧，我与你，去楞枷城。①
中途已过，冰天雪地时节或可到达。

练习曲第二十六

由海上跃起，穿过平原与丘陵，
渡过河流与湖泊，一路向西。
山高林密，兽走鸟飞，
直到雪线之上，洪荒无际。
直到黑夜降临，星星如海，
惊恐交加，天人合一。

---

① 见《楞枷经·罗婆那王劝请品第一》

你将一颗内丹吐到手上，
像芝麻一样渺小，
像来自无人知晓的星系。
它是温暖的绝望，
它是失去的记忆，
它将越来越圆，越来越亮，
它将如一粒小麦，
种入你的丹田里。

练习曲第二十七

这是一段山重水复的旅程，
有时黑暗的深渊就在脚边。
白云乡里传来鸡鸣阵阵，
有时又淹没在大雨倾盆。

现在我们来到这座城市，
将黑驴系在枫杨之下，
由着它欢天喜地，
用尾巴赶走他乡的飞蝇。

市井的喧嚣像甘泉涌流，
车马的交通掀起几尺的红尘。
城边是穷人的寓所，
城中是富人的宫殿。

美酒与美食消掉疲乏，

美人的双手像一对天鹅，
游弋在斑白的头发之间，
我由旅店浓荫密布的林樾，

又看到昨夜的明月与繁星。
悬崖之上的梦，海浪中的驴蹄……
乾闼婆城啊乾闼婆城①，
明天清晨我们就要挥别你虚无的城门。

① 见《华严经第六品·毗卢遮那》

□楚　石　卷

冬天，灰色的诗意

冬天，大地是一个简洁的音符
在一片单调而宽阔的音域里反复抒写
浓缩的诗意

青灰色的天空向远方消隐
城市，像失去方向感的鲨鱼，在轻雾中
闪烁着扑扑起飞的鸽子般的光芒

城市的边缘。一片树林被房子包围，一片水域
被树林包围。它们紧密相依的关系
就像一对从一而终走向暮年的男女。

树林中游戏孩子的欢语声清晰可辨
它与从头顶间或飞过的飞机的轰鸣声完全不同。
而林中升起红色的海盗船，像燃烧的火焰
高举在这片灰色的空间，与那欢语声

一样醒目。

波涛的舞者，旋转的中心，在
一阵寒风的追赶后陷入沉寂。
太阳是那最后脸色苍白的舞者，
在转动中缓慢移步那天堂阴冷的走廊。

裸露的大地最为隐秘的深处，升起
意义的桅杆，在城市广场剧烈摇晃的尽头
走来思想者的独步。

2011年，冬天

越　轨

人类的历史是从最初的一次越轨开始。

这个夏季，暴风雨频频光临
闪电使劲地撕扯着天空的裙裾
撕开一道一道黑暗的峡谷。
这夏日的闪电让人
惊奇又恐惧

黢黑的铁轨比黑夜还要黑，还要长
它要像这黑夜，向人展示道路的长度
和它膨胀的温度——
它的来头不小，我们不可小瞧

它来自人类最初偷吃苹果的乐园

那最初的激情在一个古老的国度
催生出了一个火热的时代和尖峰的速度
钢铁的巨蟒在空中闪亮、舞蹈
它们华丽得好比浴火的金刚

文明撩起轻浮的裙裾
巨蟒瞬间坠落山谷
通向死亡的暗道突然打开了
是谁走通了这不为人知的道路——
文明和死亡之间的联系？

无名的死者也不能指认那闪电的过程
而在一米之内我们竟然听不见孩子的哭声

死亡的天空下伫立着狂躁与冷漠的怪兽
越轨的国度再次将闪电
高举过头顶。

2011 年 7 月—8 月

牙疼的日子

牙疼的日子，树叶里漏下点点秋光
大地在一片萧飒中露出它黄色的獠牙
寒霜中，迎向天空的枝头果实累累

我把脸埋在沙沙走动的书页里
倾听大海航行的声音
疾病流行起来，贪婪啃光了
天空里最后一粒果子
那冰冷的海水之外，闪动着
人们惊恐的眼睛

莫名的疼痛的中心，升起焦躁的潮汐。
人心，像波浪的起伏，受制于月亮的
每一次的增长和减少。

白色的药店在秋光中颤抖、呻吟。
大地既凉还热，在空虚中响起
一片骨折后疼痛的叫唤
我想用这十月的铅华和骨头
铸造一座走动的教堂
可我怎样才能接住它那不断加重的分量？

那就让膨胀的水退去，露出
曾经贫穷的屋顶。它是曾经被饥饿和欢乐
灌满的居所。干净的星星升起来，月亮
像一枚白色的药片，让跃动的心思开始变得
安静，而宁静之地随着月亮的移动
逐渐深沉。

月光下，被腐蚀的松动的牙齿全部脱光
重新长出的白牙像教堂一样明亮。

2011 年 10 月

失眠之夜

这夜又黑又长，适合
给远方的朋友写封长信
或者　进行一场长长的
谈话

偌大的城市像沉入了水底
出奇的安静，偶尔升起些响声
那是一两尾鱼
在水面的跃动，或者是停泊的船只
在水里翻身

游动的鱼来到我面前
他们喘着粗气，向我诉说
水的寒冷和沉重。然后，又游向了
水的更深处

这时，我想起那如意又不如意的前半生
想起那些在浮尘中度过的人生
我突然羞愧于此生为人，不如
放生为一条鱼：
渺小到不为人知
自由到不足为人道

远方还是白昼　像一部怀旧的老电影

时间，在一朵徐缓伸展的云中打开
一个平凡而简朴的白天。
亲人们在陆地上劳作，忙碌着
一天的食物。阳光，黄金的箭镞
暴雨般撞击教堂的大笨钟。
钟声悠扬，与炊烟一同升起，它们在空气中
欢快地交谈。

而我的黑夜仍然张着眼睛。
我瞥见时光老人在黑暗中打着哈欠
他转身，想要从这搏斗、煎熬的
夜里悄悄溜走。

此时，从水中升起巨大的桅帆船
给我们载来火和远征归来的
胜利者。

2011 年 9 月 23 日

生 日

从生活的原点出发
你不断扩大生命的圆圈——
像永不停息的波浪直到
岁月的风霜开始降临在你的内心
同时降临的还有寂静和
无名的幸福

你在秋天早晨雾霭中见到的事物
你在冬天雪后清晨中见到的事物
连同那片在记忆深处遥远的大海一起
正变得越来越清晰……

2010.11.8 于北京寓所

多余的话

——纪念保罗·策兰

你只是回到了从前
回到人类学会说话之前

那时，人类用谷子、羊和手
说话　话语明确
从无歧义

弓箭和石头打开的天空
并不寂静和孤独
星星从海上来
带来水和火
但没有词

那就忘掉词
忘掉话吧
让我们回到从前
回到你

回到你的现在

2010.10

11 月 20 日看话剧《柔软》[①]

整个晚上你都在做一台手术。
那是一台复杂而又艰难的手术
刀子在空中舞蹈,发出
幽深的冷艳的无情的蓝光
深入下去,深入僵硬的世界,
你要切开:
生与死
爱与恨
希望与绝望
正确与错误

冰冷的刀决定不了这些。
在危险的深渊你执意要开放
两朵美丽的花朵
一朵献给男人　一朵献给女人

血,奔涌而出,它来自
那只非洲孤独求爱的犀牛。

① 话剧《柔软》是中国先锋导演孟京辉执导的"悲欢主义"三部曲的完结篇。

那温暖的跳动着的血
像黎明时最瘦小的那颗星星，从
你的伤口温柔地升起，它
孤单但闪亮。

在黎明的边界，我听见了
来自古老欧洲的声音：

人们啊，现在只剩下一件事情可做：
去忠诚你们的忠诚吧①

除了等待

从春天到夏天，到秋天
你不来，你亦不去
经过了如此漫长的等待
我将耗尽力气、思虑
那些美妙的时刻
那奇迹般的相遇
真的如星外来的飞碟
不可多得?!
我已被夏日的太阳灼伤
被秋天刀子般的孤独击中——
击中的还有那内心与生俱来的痛楚

① 欧洲诗人赫贝特在《科吉托先生的教诲》中告诫人们："去吧，做一个忠诚的人。"

如今，冬天的第一场雪已漫过我的门槛
这风雪中可有你如期而至的步履？

在比死亡还要孤独的孤单里
除了等待，我还是等待

2011.1.21

时　光

时光的钻头，在旋转中
一点一点凿削去岁月的屑末，露出——
我们獠牙般的人生。

2011年1月　严冬

失明的小女孩

失明的小女孩
向世界伸出一双小小的手
索要她永远失去的
东西

永远向前的双手
是她唯一的眼睛

是她看见世界的第一器官
通过它们，它了解了
一切静止和运动的东西：
人和房子，还有别的。

她不需要光
只要站立在夏天早晨的一片林子里
倾听那黎明前的第一声啼鸣
就知道
光是一种什么样的东西

或者，在天色暗下来的时候
听见村庄里守夜的狗
第一声亢奋不安的叫声
也能收到同样的效果

温暖和寒冷
她对此特别的敏感
她摸到的光、水和冰
使她感到了世界的美
和世界的问题

那些丑陋的事物
她看不见
而在纷扰喧闹的白昼
她能听到遥远的地方
有英俊王子和白雪公主的说话声
还有森林中预言世界末日的女巫的
咒语

站立黑暗的深处
她知道太阳升起过
女王吹灭了通往高地的明灯
将一枚最小的太阳和一根木棍
放在了
她小小的手上

啊！失明的小女孩
在黑色降临世界的时候
在透明的风中
在广场中央
除了道路
她看见了一切

而她唯一想看清的那种
被称之为道路的东西
与看得见的眼睛无关

1991.6.12

□然也卷

秋夜闻虫声

秋夜的暗，寒凉
日渐增长的年轮藏在里面
虫声，挥之
不去

或许，原本是耳鸣
骨头里痒

我们，甲乙丙丁
攒够力气，与自己的渺小
较劲

怀念春天

此生，只愿做一株平民的植物
谨守绿为本分。偶尔花开
视作天地馈赠，凋零其实是命数
化膏腴只当归途。常念
碧水蓝天江南土
风过处，温情无处不在
呜——哦喱哇——
哦——哦喱哇——
……

雨中过明清石板街

昨夜大雨，今晨依旧淅沥
老远就听得到松峰港的急流
8点多钟，我与小缪走过这里
她打伞的身段，让正在落寞的街道
更显空寂。是的，这条街
作为一条茶麻古道的起点
遐迩闻名了几个朝代
也曾“四十二茶庄，七十二烟囱”
如今只剩残迹正在受保护

不再有装满茶叶的鸡公车咿咿呀呀过往
也不会有梳妆女从吊脚楼上倒脂水
空,空无一人的空
寂,寂静无声的寂
满眼青石板,被雨水越洗越干净
600 多年痛痒,包括一些缓慢的破碎
像磁器上的断纹,越洗越清晰

与小缪在圆通寺

在圆通寺
小缪向主持提出做些杂务
这有些出乎我意料
但我得承认:挺有意思
我们清扫了天王殿、知客堂和讲经堂
所有工作一丝不苟
佛祖应该都看在眼里
尼姑高兴,主持高兴
小缪更高兴
我也高兴
小和尚年方十四
一直冒雨提水,他高不高兴
我没有看出来。另外
喝了住持的茶
用了斋饭,得两本书
中午离寺时,天空放晴
主持双手合十送到山门前,他说

这里也是一个家，常来

身体里的动物

无法清点它们的种类和数量
一窝蚂蚁、一群鸽子、流浪的猫……
也许还有十二生肖。安静的时候
一只熊会从冬眠中醒来
它盲目地冲动，一头扎进春天
这个幸运的家伙！总能找到蜂蜜和爱情
随便生下三两只毛茸茸的仔
然后，树叶绿得羞涩，毛毛虫幻成蝴蝶
这是人们热爱讲述的部分。夏夜
蛙鼓如潮，激情的鼓棰
也敲醒了肌体中尚未衰老的部分
秋水澄澈，鱼儿们沉迷于哲学
徜徉又徜徉，自言自语，子曰诗云
但是，你不能指望
诗人们会安坐禅房或书斋
他们更愿意回到诗经的现场，是的
最妙莫过做一只斑鸠
也不用编织美妙结局，那些
深藏黑暗中的部分大抵可以想象
一只白狐踏雪而来，眼神里闪现千年灵光

北渠（城北纪事之六）

北渠的静谧是从那些小山上漫下来的
春草、树梢萌蘖另一种安静
时间，仿佛搁浅在干涸的渠道
开闸水涨的时候，才会流动
蜿蜒的内心，单纯的激情……
现在，它安静下来
早春，适合独自回忆
要感谢贫乏时代的人们
几十万民工来到这里
寒冷的冬天，红旗插遍 69 公里长龙
锄头、铁锹、钢钎
土筐、扁担、石磙
结实的身体，长满老茧的双手
快乐而简单思想的头脑
他们完成了这样伟大的工程
纯手工，made in china
现在，它如此安静
像我在乡间遇到的无数好人
他满足于既得的丰裕，不愿提起过去
北渠之下，城市看上去很不安
它的街道满是车流、人流，拥塞，忙乱
它有自己的魔术和表演杂耍的天分
但我依然惊叹于它的建造欲
我印象中的北渠原本停留在儿时的记忆

那时候，脚下有大片的荷塘、水田
眼前这些突然出现的楼群
并不存在于我的想象中
这是近十年发生的事情
我不得不承认，时间被我想象得过于迟缓
那些巨怪一样的机械臂
伸得太高，太快。更多的人
已经无法让自己从忙碌里抽身
像这样在北渠漫步，领受一份安静

镜　像

某天，我游览到一个陌生地方
遇到某人。如此熟悉
另一个我?
我们并不投缘
彼此甚至有些厌恶
我们小心翼翼地交谈
终于肯定了
毕竟不是同一个人
这让大家如释重负。我们喝酒
把相同的感觉一点点吐出来，稀释掉
最终，我们完全陌生
似是而非的还有这个世界
我们抱头痛哭
相见恨晚
酒醒之后，满地碎银

三月七日晨，骑行大雾中

春天有鬼魅的幻术
她压缩了这个早晨的时空
也许从来就是一厢情愿
我的热爱变得缓慢，有时找不着北
这个世界笼罩了浓重的谎言
车灯射出的长矛无法戳穿
哈，盲人骑瞎马，免疫恐惧
我做了一回
挑战风车的勇士

辛酉留在这个春天的最后音讯（城北纪事之五）

凌晨，刚看完《盗梦空间》就在网上
得到你的死讯
溺水。春水啊，妈妈的春水！
有没有另一个梦境
让你醒来，并且再梦到这个世界
梦境几重？
陀螺转动起来……
这个春夜的冰凉无法避开

拨打的电话停机，烟头，火焰沉默
毫无睡意，也不愿醒着
生活就这样常常失重。半个月前
我宿舍的锁坏了，无法打开的门里
有你年前送过来的一本诗集
这样的暗示
多么险恶
女儿们正在草地上低头玩耍
祖母在镜子前梳理白发
把酒言欢的日子过去了，又会再来……
此刻，我心里充满怨恨：
诗歌的另一头是无语；连接这个世界的
另一个地方，一片荒芜

雪后（城北纪事之四）

昨夜，这个冬天的第三场雪悄然降临
田野之上，万物隐形
我又知道：它们都在那里
我沉溺的眼前之景，它依然真实
触手可及的宁静宛如菩萨的眼神

宁愿这雪更长久，谁都很清楚
那大片平坦的腹地，是城市开的口子
很快，一个五星级宾馆将在这里妊娠
这是我所处的时代，国家乐此不疲的事情
少数几个中产阶级萌生的现场

许多人目睹过它的奠基典礼:彩旗、各色气球
喜庆标语、红地毯、嘉宾、礼炮发出的轰鸣
它们也构成了葬礼,相当隆重
哦,不,更准确地说是这片风景的婚礼
她从此被嫁入豪门

这还不能构成失恋,暗恋者依然怀着炽热的心
是的,后皇多嘉树,南国有情人
城南有更多好风景呢
都这样想一想就对了,爷们
屁股下坐着痔疮,也不再那么觉着痛

梦 弈

冬日小睡,遇故人
我猜得白子。他开盘落在天元
邻里的女子坐在身边,撑一把纸伞
澄澈的眼神,笼我回到盛唐的绮幻
他在左下角占得先机
微笑的背后,无限祥瑞
我端起香茗,才发现夜色已深
再看盘面,中原之地隐隐透着杀气
我想起有老友在江南待访
正思忖,已到一道流水穿石桥的小村
叩开柴门,友人尚且年幼,抱在母亲怀中
他手里握着一枚青杏
递给我,不言语。我有不解与惆怅

转瞬间,在树下遇到老妪
她画地为盘邀我手谈,居然弈成三劫连环
突然,我看不清了,什么也看不清
听到有人唤我,先前的对手
把棋盘摆在了月钩之上
我们对坐在无限苍茫里,手握星光
而棋盘幻作浑天仪
他邀我去晚清收官。收官啊
又将有多少人头落地? 事实上,所到之处
我看到的只是婴儿
他们嗷嗷待哺

陌　生

我记得曾经到过一座花园
也许是梦中,也许是更遥远的过往
确切的时间无关紧要
记忆里的在足够取暖
破碎,无法复原,也无所谓
在人海,偶尔遇到会心一笑
无需求证什么
一生,守自己的沉默
不说出
不成谎言

木　匠

我遇到过很多木匠,无论你要打什么
多少板子多少面子多少关子多少衬子几斤钉……
立马都能给你一口清,不含糊
我承认,木匠个个聪明
但我还是把他们分成两类
兴趣只在活上的,你看,
他们一手握斧子,一手端木头
睁一只眼看准头
另一类也看
只是闭着的眼总爱睁开
瞄东家

无题(城北纪事之二)

这个秋天,我不太关心天气
无奈,出行的路一直陷在泥泞里
我与自己比耐心,渐渐上瘾
漠视这个城市无法治愈的肺气肿
它乐于此道,以便久病成医,谁知道呢
重要的是学会养生
把面具和防盗门做好

时间也许会治愈一切，就像神话
最初，每个人都可能是西西弗斯
大家铆着劲往山顶推石头，后来
终于有人醒悟
一天又一天，一年又一年
聪明的人不断放弃
如今，那位被称为西西弗斯的人还在做傻事
很无聊，却也小有成就

□ 余文浩 卷

虚 构

雪猛烈地落在乡村的泥土上
我只能尽儿时的所见去
虚构了回乡的路
有时忍不住反顾那
点点污泥，在
纯白的，宁静的
家乡
是我的一夜
跟着长长的影子

2011.1.25

圣诞节的诗篇

很多个时候,天色阴暗
我们围坐一起,在屋内
母亲忙着纳永远也纳不完的鞋底,祖母用拐杖一头
拨弄着火盆里的火苗,火由微弱到旺盛
火是集结,火是年成,火是母鸡护小鸡
亲人在火周围,每个人的脸
照得通红,围坐一起
像一个道理,温暖两边的灰尘
等我也到了母亲的年龄,母亲在湖北
祖母在哪里? 流水流,青草
一年又青,天空里
天色阴沉
我想,一只火盆,几位亲人
在村庄里,如此这般,今夕何夕

2010. 12. 25

两　天

两天看到同一颗星在
同一个位置

这样一颗星星，它
无名，无言
无家
不具备方向
在浩渺的天空里
在浩渺的天空里
我看到了他

2010.12.7

几　乎

一大早
在12月的寒风中
我又看见
真理使人自由
这个标志牌
前一次阳光照着她
前一次我也看到了她
每次从旁边走过
我都会抬头朝她看一看
默念着
真理使人自由
有时靠近
有时远离
生活在她的周围
早晨从一边走过

黄昏从一边走过
心里有一点儿茫然的
兴奋
我几乎感觉不到中年

2010. 12. 8

讲到《记念刘和珍君》

秋风起来
寒气入骨
少年坐在一起
又讲起
《记念刘和珍君》
这个时候平静的
岁月，仿佛
凝固为铁，为血的凝固
多少事
多少青春
有多少个刘和珍
先生的
爱憎，照亮于前
我是一个读者
但没有话要说
终于开篇
终于读来
众同学一起读来

"中华民国十五年三月二十五日——"
"沉默呵,沉默呵——"
青春容易逝
讲到刘和珍

2010.10.28

备课时写的一首诗

今天
我想让
苏东坡
带领我们
解放今天
游戏今天
哦,窗外的凤凰花
多么红艳,率性自由的花哦
路途,让它再长,脚步轻快
为木棉花的坠落
我曾伤心过一回

今天,苏东坡
来到
同学们中,仿佛当年年轻
他的衣裾
羽扇,纶巾
浩浩乎,飘飘乎

从路廊一边
带来春风,春风是自由,人情之美
在心底,不疲乏,不仇恨,不冷嘲
一起来,一起来
大家张开嘴巴,呼吸,说话
写字
该诅咒的
湖北旱情
也一时从我心里消褪

木棉花开,凤凰花开
东坡说,惊涛拍岸
年轻的人,新鲜的人
年轻的人,惊喜的人
年轻的人,这样有力,去说,去变
曰新,日日更新

2011.5

教　育

我看到
两个少女在学生队伍前面
领操的样子
很美
就像今天的天空和空气
影响了我一天

我多么想每一天是今天
活泼泼地、生气气地
来吧，你来吧

2011.10.25

闻黄石暴雨

没有一个城市比黄石让我更去爱
我爱她
青春的热烈之火在那里烧完
我爱她
太阳在西塞山头上升，黄荆山后落下
我爱她
每天4路车窗外的灰尘，多而乏味
我爱她
近闻听黄石暴雨超历史
心里咯噔了一下

98年夏季，水像水龙头
我从四门游回黄思湾的家

2011.6.17

三角洲岛

几个
在万顷海水里
扶船舷出海的人
虽速度吃惊
在蔚蓝中，银白的浪花下
渺小得很
眼看岸边几条吃草藻的小鱼
十分自在
欢喜
它们和大海共有的秘密
是我不能到达也无知的所在

2011.10.20

□ 武小西 卷

墓 前

1

姥奶奶只穿自己做的对襟袄
坐在沙发里
挺着腰板
像个沉默的英雄
伸出拐杖
打胡闹的重孙
嗑花生瓜子
把一堆仁儿留下来

她的墓前是面党旗
刻在石板上
镰刀和斧头刻反了左右
——她大孙女干的

2

扫墓是一次郊游
也是惟一，全家聚齐的野餐
尽管其中必有一人
并不动嘴
姥姥带领大家鞠躬
直到姥姥也成了一块碑
站在姥奶奶身边

3

刚解放时在湖州
配着枪
生活并不安全，却也没少
听戏、泛舟
姥姥一直爱吃甜的
弥留时只喝藕粉
剩下半盒
在柜子上，开着口
里面一袋一袋
像没走完的日子
平躺在时间刚刚转过的身后

4

之后姥爷没去墓地
因为他很快就住了进去

他不再看文件
看新闻时闭目养神
晚饭后带上计步器走路
计步器却总是不显示
他已走过一步
他觉得应该住院了

有天阳光很好
病床空着
换上了崭新的白床单
上午离明天太远
明天没了
过往也没了

5

食道癌、肺癌
其实他们的食道和肺
一直都挺好的
暮年的病
像死亡把一个人拽走时
给出的蹩脚的理由

6

三个墓碑并排在冬青树下
像个"山"字
安静地站在那儿
锁着一个逝去的时代
留在几个身体里

石质的那一部分

7

守园人是个西北老汉
禁鞭那两年
带着鞭炮去，也带上烟酒
和老汉寒暄一会
是家常，也是热闹
否则园子太静了
白雪描画着山丘的起伏

一只雁飞了个来回
不知消失进了哪朵云里

写　生

草地上的小径交叉口旁
有个木椅子
椅子可以坐两个人
却总是空的
从侧面看很清瘦
正面看又心宽体胖
常有小孩在椅子边玩
天还没黑就回家了
家在椅子前后

流年走过小径
它曾在这个交叉口上
停留过吗

后来椅子没了
就是没了。
像一位老人平安逝去

日影缓慢移动
路灯和鹅黄的窗口
照在曾有个空椅子的
空地上
松鼠在入冬前
匆忙啃坚果
之后有鸟鸣、蝉鸣
入了夏夜，响起虫鸣

事物都在家
开着家门，安恬、平淡

雕　塑

我常惊异于雕塑的褶皱，惊异于用大理石来表达的轻柔

——题记

1

我忘了悲伤的时候可以哭泣

忘了眼泪可以流出
容纳不了的重和苦涩
可我太轻
像片影子
想为冬天的落叶盖上被子
却被寒风吹去远处
像片水迹
还没来得及滋润大地
就蒸发进了空气

2

我对着书页和铅字
呼唤
纸成了墙,诗行成了铁栏
我的呼唤
成了失声的绝望
夹在
一页和另一页
空白之间

3

盲人知不知道
他有两个眼睛,两个
凹陷的眼窝
像看不见的重物压在上面
像看得见的重物
在那放了很久
留下的痕迹

4

回忆宛如头发
太长了就剪掉
就扎成马尾、盘成髻子
就披在脑后
(像背着自己的影子)
剪短的头发还会长长
长得跟剪掉之前一模一样
漆黑地闪烁在夜里
仿佛盲人眼前
那个永恒的世界

5

我是一道门
门外是川流不息的世界
门里
是傍晚的家具
一位画师端坐中央
凭藉想象描绘浮世
描绘时间
描绘墙的纹理和安静

6

我几乎溺死于情绪的潮汐
我屏住呼吸
一个瞬间

像一夜无梦的睡眠
我醒来,重新
铸造一个自己
用,从昨日捞起的
一块块面目模糊的质料

7

冬天,事物有雕塑的面孔
注意到没
雕塑的眼睛
都是一片空白
像盲人一样
摸索着时间
谁拿走了所有雕塑的眼睛
是善良
还是看不见尽头的等待

8

如果我的眼睛被拿走
我也会
变成雕塑吗
请,请——等一等
我还没准备好
没准备好盛开
盛开成一个永恒的
等待的姿势

9

多少次我的嘴唇微微张开
却不知道
要祈求什么
祈求会把我变成废墟
我在废墟里轻声歌唱
像渺远的回音
飘向我,飘离我
飘向我,飘离我

10

多么寂静,无边无际的寂静
仿佛我伸出手
就能从中
捞出一条鱼
一串音符
一个无中生有的神——
他从口袋里拿出一个
宇宙,说
看:它是活的
它在跳动,在与自己交谈

11

冬天,大地在干裂
露出它曾攥在手心的掌纹
我沿着其中一条

行走
生活、衰老、死去
——亡灵把手伸出地面
托住飞鸟
一口一口锨出来的家

12

我掉进了幻觉
像一个倒影
掉进了湖水。
湖水是雕塑遗落的眼睛
它长大了
安静地躺在山间
收藏浮云、飞鸟
船和桨
转瞬即逝的足迹

13

山顶有块岩石
每天我上山，削下一点石屑
直到有一天
那块岩石已被刻成一座
雕塑
而山下，亦有一座
石屑捏成的人偶

14

我为雕塑和人偶安上眼睛

瞳仁处的雪花
闪烁着整个冬天的洁白
和一个无人
去抚平的，细小的褶皱

15

我在这个褶皱里入眠
盖着温暖的被子

梦很香甜

一个乞丐

咖啡馆和小书店之间坐着个乞丐
屋檐太短
阳光在他脸上刻下明亮的沟壑
他偶尔说声："找零"
像想起一句忘了说的话
他蹲坐着
一动不动
像被灵魂遗忘的身体

他的面前没有金属盒
他认为施舍
应恪守交换的礼节
他的面前是块空地

日影和光斑在他的注视下嬉戏

他对一个路过的女人说：
“你是位美丽的女士”
女人说谢谢
他说不用谢

他顺着马路看去
马路在变细、变尖
车辆疾驰而过
像新出鞘的剑面上晃过
一道光

“找零”——他往生活的背影里
投掷零星的声音
“找零”——他往空气中
投掷虚无的金币
并等着与暮色一道
把太阳
和又消耗了一天的命运
收进沉默而空旷的口袋

□ 沉　河　卷

歌　唱

夫妻已到中年
那做丈夫的有一日牵着那做妻子的手
穿行在闹市里
羞涩正如黄昏暗淡之光线
照在两人身上
透过衣服，照在两人全身的皮肤上
那做丈夫的开始唱歌，唱《心经》
那以心为名的经
如他往日孤独行走时一般
唱完一遍，就有了再唱一遍的冲动
做妻子的贴在丈夫的身上
很轻
她不会唱，只是听

茶有香

茶有香
光阴有亮
植物有叫春
我有三平方
困我半生涯

饮无尽
坐如禅
吹拉弹唱
一窗子
风凉

一与多

最初,我只爱一个人
我为她
长身体
用心
活在没有其他女人的世界
爱情是植物
三年的种子还是发了芽

后来，我爱了很多人
我为她们
长心
用身体
养了很多蚕
我扯光满园的桑叶
春天才过
它们都变成蛾了

你我之此刻

你有另一条道路
我还等在原地

风吹云动
但时光静止

此刻，我只能让你陷入孤独
而我，一样孤独

此刻，我只能让你陷入想念
而我，一样想念

我们拥有一样的命运
它们，不再改变

譬如，我是倾诉

你是倾听

西溪

——给长岛、郁雯

等待
如许等待时光静止

在回忆中
她的无限展开

绿色的窝
载着闲闲的你我

修竹与蛙鸣
似春日绵绵

愿成就一个忧郁的
自己，在他乡的

湿地。缘即是
原来

2011.4.20

多少次我只是借道白云之上

多少次我只是借道白云之上
山河低徊,故乡流转

看不见宇宙的苍茫
满耳是机器的悲鸣

我没有了多少时间停留
落地只是唯一的渴望

也许回忆才是丰富的
与蓝天同源,可达无穷

2011.5.28 于飞机上

忆3月17日和田禾、川上、黄斌等到通山看辛酉

春天通山的富水河边
野花有一颗悲伤的心
它素白的衣装令我瞬时惊艳后
又久久沉浸于命运的

不可知

蜿蜒漫长的道路
连接着代代相传的门第
它的终点正是兄弟的起点

遥远处隐约传来大地深处的疼痛
河水已阻断在粗暴的中年
群山环抱的家园原是背离的
绝望是如此近,可触苍天

别了,下泉。别了,温岭
在水中清洁过的身躯骑上了云朵
回首相望,一片白光安详

□川 上 卷

车

1.

车过华北　平原上立着的高压线的铁架子
拖着长长的辫子
在高粱地的上空排成方队　仿佛童话生命
外太空生命　已成新自然的一部分

2.

车窗外的人拿着铁喇叭　他要吹一支曲子
可他吹出的却是机车的轰鸣

3.

在大悟　她说似一支烟还不如是一阵烟
在新乡　他到上铺玩搬运工的游戏
在邢台　一前一后　两个人走进餐车里

在保定　昨夜刚认识的小伙子蹲在过道的两边哭泣

4.

“我不是邯郸王子
我只在雨夜穿过玫红色的风衣
我不只是已听见不只是已看见
红　漫天的红我已不能呼吸”

5.

红　漫天的红
饕餮中听到呻吟
他的脸扭曲了　他说不是我在幻听
是树在幻听

6.

预言　方术　泥途上徘徊的怀乡病

而此刻时间是快的　它在涡轮上旋转
一年快过世纪

7.

它爬到了土坡上　它钻进了涵洞里
一只异能兽同样张着两张翅膀
它的眼睛红了
它的喘息听起来就像是他们在喘息

8.

她的夜晚穿上了机甲　钉上了铁钉
她有许多的镜子
她说有再多的镜子也拼不成一面镜子

9.

那人从餐车里回来了
他的背后拖着一条长长的尾巴
他说你们看啊
它的上面坐着两个长得一模一样的精灵

2011.3

蜘　蛛

亮瓦下的蜘蛛
在玩蹦极的游戏
第一下　它蹦到了半空
如国家大马戏团
优雅的女子
伸腿　缩腿
微笑着旋转
鞠躬　再鞠躬　敬礼
第二下　它就快要

触及到地面
慌乱的飞蛾
失去矜持的蜻蜓
瓢虫　还有苍蝇
它们扑闪着
向着黑暗的最深处逃离
第三下　它蹦到了地面
它只用脚在地上轻轻点了一下
便开始爬行
从亮瓦上洒下的光　如追光灯
穿过国家大剧院穹顶
它醉酒般兴奋
它爬过的地方留下浓重的阴影
而它所编织的那张网
从空中垂下来
晶莹如透明的旗帜
它爬到哪里
这张网便跟随到哪里

2011.3.22

手　语

那孩子站在
二楼窗玻璃边
她伸出的两根大拇指
抵在一起

像两个亲密的额头
彼此用力　用力
她的手拍拍脸
指指鼻子
揪揪耳朵
再在空中画一道道弧线
再合拢
再放到肩头
像一只鸟
飞到她的脖子边
歇息
那孩子站在
二楼窗玻璃边
玻璃中是舞动着的暗影
像一张张
正在显影的照片
灰灰的
张开的嘴巴
发不出声音
那孩子望着窗外
窗外的雨
又细又密

2009.4.21

黄鹤边长大的孩子

读黄鹤、写黄鹤、画黄鹤

黄鹤边长大的孩子
从来不曾见过黄鹤
他在江边徘徊、游走
他在江边
染上了忧郁
纵有万千疼爱
抵挡不了他失魂的落寞
纵有万贯家私
治不了他的偏头疼
他瘦弱的身躯迷上烟花
迷上隔岸的灯火
放风筝的季节
他爬上江边那幢空洞的楼阁
朝江里面扔东西
我的母亲说
从江边回来的人都在说
他先是扔身上所戴的、荷包里所装的
之后他扔他身上所穿的
当他赤条条站在风中的时候
他已扔掉
眼镜　钢笔　怀表　项链　锦袋　佩玉
以及在江面上像断了线的风筝一样飞行和坠落的件件衣衫
以及在空中画出呜咽着的灿烂弧线的
一枚又一枚金币

2009.3.16

突如其来的一场雨

要不是突如其来的一场雨
我就不会遇见阿欣
来自沈阳的阿欣

阿欣坐在靠近窗玻璃的一把赭红色的椅子上
阿欣玩扑克
阿欣偶尔会对走到他身边并坐下的人说抽一张吧抽一张
我便能告诉你不可知的事情

Q 代表曾经的或者将来的困局
K 代表雄心、意志和勇气
J 代表道路但对大多数人来说它只是弯路
A 离王位很近么
A 看起来更像是匕首
图穷匕首见的匕首
暗藏杀机

阿欣在用一只手抚摸另一只手
他眼神里的黑暗隐藏着足够的智慧么
我站在窗外
连绵的雨还没有停息

2008.9.3

在石头上坐了一整夜

抱着一块石头
他在快捷地奔跑
“云来了——阴来了——”
炎热夏日的午后
田野之上
一团黑色的云
用阴凉护佑
劳动着的乡亲
他喊呀，叫呀
“云来了——阴来了——”
到后来
他抱着的石头慢慢变大了
他的奔跑也慢了
到他不再奔跑的时候
他已被石头包围
他坐在石头之上看天空
那团轻柔的、黑色的云
再也没来过

2011.1.11

第七个夜晚

他与她
又在这个夜晚
站在月光下
一年一次
一千年就一千次
这是约定
不变的只剩下
约定
他的面容
越来越苍老了
这让她心酸
她的鱼尾纹
越来越深了
这让他心酸
她的那双柔软的手
他总是长久地握着
舍不得分开
可是一当分开
就是永远的分开
那一天
她站在了河的对岸
河水滔滔
河水滔滔啊　风夹杂着雨
她已回不了岸

他的痛无以言说
她的痛无以言说
他弯腰他蹲下　他把双手伸开
她弯腰她蹲下　她把双手伸开
大河两岸
留下两个巨大的“七”字
天空作证
这便是他们留下的
永恒的誓言
“七”是安息之日
“七”是属于亡魂的时间
每年七月的第七个夜晚
他和她来到大河的两岸
他们的手
已被弄丢了
他们已不可以
相互抚慰
他们的身体
已被弄丢了
他们已不可以
相互温暖
月光下
只剩下
温柔的注视
只剩下
一缕青烟
对另一缕青烟
的
纠缠

2007.8.22

闰八月

闰八月　是我所恐惧的
一九七六　农历丙辰年
八月的后面还有一个八月
称之闰八月
农谚上说　“闰七不闰八
闰八过刀杀”
那意思是说　凡闰八月之年
必大凶

那个春天到来之前的冬天
是残忍的
一月八日　远方下大雪
生产队长张忠乡提一篮子
白色小花　他说
我们敬仰的一位老人离开了
他是恩来　他于我们有恩
他操劳一辈子　他膝下无儿无女
有人说　恩来不要孩子
是因为普天之下有亿万孩子
这话是对的　让我们每人都戴上这白花
我们都做恩来的孩子
这丧事要隆重些

四月五日是清明　我的国人

把踏青与悼亡安排在同一日
这一日有大事发生
在很远的那个广场　有一大群人
他们做花圈　做比汽车还要高
还要大的花圈　他们用花圈把广场
变成一个花的海洋
他们在地上写字　在墙上写字
在高音喇叭里念诵诗篇
有人烧了手上的纸　身上的衣服
有人烧了汽车　自行车
有人打人　有人被打
白色的海洋流红色的血

七月二十八日　艳阳天
我与兄弟姐妹们在田里插秧
一架喷汽式飞机飞过我们头顶
它牵着的白尾巴在天上画出的弧线
让我们想到美丽的彩虹
而在此之后
我们知道　它不是什么彩虹
它是白色的　是素带　是写在天空中的
疼痛　是伤口　是巨大的哀思
——在北方　有一座城　它的名字叫
唐山　凌晨三点三刻　噩梦没有把睡梦叫醒
二十四万二千七百六十九个灵魂成为亡魂
十六万四千八百五十一个肉身失去他们的腿或者胳膊
八千零四十七个丈夫失去他们的妻子
七千八百二十一个妻子失去她们的丈夫
四千二百零四个孩子成为大地上的孤儿

教科书上说　一个没有诞生过伟人的民族
是悲哀的民族　但教科书上没说　一个诞生过伟人
但这伟人已离去的民族是一个怎样的民族
九是最大的数字　九意味着终结
九月九日　火车开到它的终点
播音员开始讲话了　她报错了站名
她犯下的这个致命的错误
终究不能把结局改变　伟人真的去了　不久前他还在
我们身边的江里游泳
我们家墙上的照片中他在微笑　他在
挥动他的右臂　而火车真的是开到了它的终点
那一年我十一岁　还是一个
乳臭未干的孩子　我居然会问我的母亲
我说怎么办哪　该怎么办哪
母亲也没有一个答案　她眼泪就要流出
的那一刻　把我搂在怀里

这就是我记忆中的一九七六　这就是
我记忆中的闰八月的一九七六
那么深重的灾难　死了那么多的人
我不知道这一切是否真的与闰八月有关
我翻阅典籍　为闰八月
留下以下几行文字
——中国农历遵循“十九年七闰法”
一年二十四节气　二十四节气分为
十二个节气和十二个中气　无中气
之月为闰月　闰八月即此八月无中气
八是中国人信仰之数字　信仰之无中气
故凶

2007.1.27

文　汇

□ 亦　来

厄勒克特拉魂断杜鹃花路

几年前读美国自白派女诗人西尔维亚·普拉斯(Sylvia Plath)的中译本传记,对一首诗的片段印象深刻,总念念不忘诗名是《厄勒克特拉魂断杜鹃花路》,想着有机会找来看看。后来再去查证,发现不是“魂断”,而是“魂系”,“断”是我的臆改,这一改不打紧,厄勒克特拉在杜鹃花路上香销玉殒了!再后来找来原诗,诗题原来是“Electra on Azalea Path”,“魂系”原来也是臆改。不过这样的改动也并非没有道理,以厄勒克特拉自况的普拉斯首次来到埋葬父亲的杜鹃花路,肝肠寸断,不是“魂系”又是什么呢!这样说来,我的改动也似乎有了充分的理由——诗的结尾处明明写着嘛:“恰是我的爱把我们双双带向死亡。”普拉斯说在她的喉管处有一柄“自己的蓝色剃刀”,这魂断得简直决绝彻底!

一

在诗歌中,普拉斯巧妙地移植再现了希腊神话中的经典场景:厄勒克特拉在阿伽门农墓前。当率队攻打特洛伊的希腊联军统帅阿伽门农(Agamemnon)获胜回到故乡迈锡尼时,等待他的并不是欢呼,而是妻子克吕泰涅斯特拉

(Clytemnestra)和奸夫埃癸斯托斯(Aegisthus)的屠刀。随后为阿伽门农复仇的是他的儿子俄瑞斯忒斯(Orestes),当面临寻仇对象是自己的亲生母亲时,俄瑞斯忒斯多少显得优柔寡断。相比而言,他的姐姐厄勒克特拉则无比坚定。她说服俄瑞斯忒斯从伦理困惑的泥泞中拔出脚来,胸中的怒火化作利剑向母亲挥去。

这一故事曾在多部古希腊戏剧中得到复述,大剧作家欧里庇得斯和索福克勒斯都有同题悲剧《厄勒克特拉》,而埃斯库罗斯的《俄瑞斯忒斯》,只是让她的弟弟,真正的弑母者,成为了头号主角。为了扩充戏剧的丰富性,除了主要人物外,剧中还出现了相同或不同的次要人物,如俄瑞斯忒斯的密友和助手皮拉得斯(Pylades);在欧里庇得斯那里,厄勒克特拉甚至嫁了人——为了摆脱克吕泰涅斯特拉,她搬出宫殿,与一个农夫生活在一起;索福克勒斯则为厄勒克特拉和俄瑞斯忒斯增加了一个妹妹克吕索忒弥斯(Chrysothemis),当俄瑞斯忒斯的死讯传得沸沸扬扬时,是她在阿伽门农墓前发现了俄瑞斯忒斯归来的证据,让厄勒克特拉破涕为笑。

将厄勒克特拉和俄瑞斯忒斯连接在一起的血缘关系,在故事中泾渭分明地指向了离家十余年的阿伽门农,而不是与童年中的子女朝夕相处的克吕泰涅斯特拉。在荷马的两部史诗中,阿伽门农可以算做民族英雄,但远远称不上是好丈夫和好父亲。为了远征特洛伊一帆风顺,他狠将大女儿伊菲革涅亚(Iphigeneia)作为祭品献给了阿尔忒弥斯,这也成为了克吕泰涅斯特拉背叛他、报复他的直接导火索;在征战特洛伊的漫长岁月里,他也没有遥遥回想起迈锡尼的“清辉玉臂寒”,而是在争夺战利品尤其是女性身体的快意中乐此不疲甚至为此与阿喀琉斯(Achilleus)争风吃醋。为什么姐弟俩尤其是厄勒克特拉坚决地站在阿伽门农这边?我们当然可以从古希腊时期的家庭伦理关系构建上寻找答案,将之归因于父系氏族社会的道德驯化,我们也可以这样猜想,阿伽门农父亲角色的缺席,恰恰为厄勒克特拉留下了幻想的空间,这一幻想空间迅速被街头坊间流传的英雄传说填充,满足了小女孩对父亲高大形象的臆想,虚构父亲的幻影十足完美,远远胜过了父亲的在场。

毫无疑问,厄勒克特拉与俄瑞斯忒斯的相遇是这个故事的关键情节,它会彻底打消俄瑞斯忒斯的犹豫,把故事推向无可挽回的悲恸。这姐弟的相遇,古希腊剧作家要么选择在厄勒克特拉的家中,要么选择在神庙。但我以为,这一

两幅同名为《厄勒克特拉在阿伽门农墓前》(Electra at the Tomb of Agamemnon)的油画作品。左边一幅是弗雷德里克·莱顿(Frederic Leighton,1830 - 1896)的作品,右边一幅的作者是威廉·布莱克·里奇蒙(William Blake Richmond,1842 - 1921)。

幕如果发生在阿伽门农墓前,该是何其完美！当他们共同站在墓前的荒草枯树之间,看着雨水的残痕在墓碑上流淌,听到远方海水涌动,似乎还在述说父亲的丰功伟绩,而他们,只能由一堆白骨去推想父亲的音容笑貌,怎能不让人悲由心生！处于这样的环境,泪流满面的厄勒克特拉,她的悲悼就是真理,她的痛诉就是命令。

两位几乎同时期的英国画家将阿伽门农墓前的厄勒克特拉搬上了幕布。同具学院倾向的弗雷德里克·莱顿与威廉·布莱克·里奇蒙,两幅同题画却有许多截然不同之处:莱顿将阿伽门农的墓地似乎置于宫墙之内,里奇蒙则选在城外的旷野;莱顿形塑个体,里奇蒙构设群像;莱顿尽量保持色彩的简单化,里奇蒙追求有限度的丰富性;莱顿突出主体正面,让厄勒克特拉露出面部表情,里奇蒙给出的却是垂首的背影。但我们不能因此将这种不同归因于画家风格的不一致。两位画家,都受过良好的学院教育,都曾受到过前拉斐尔主义的影响,偏好表现神话与圣经题材,画风恬美抒情,追求柔和而饱满的画面色彩感。与莱顿的其他作品比较,《厄勒克特拉在阿伽门农墓前》别具一格:厄勒克特拉一身黑袍,占据了画幅的绝大部分和中心位置,在背景的暗黄和装束毫无变化的玄黑之中，观众的注意力将马上移到厄勒克特拉的脸部，短发已经斩断了少女应有的妩媚，闭合的眼睑、微张的嘴唇，流露出她内心的痛不欲生。主体表现的需要影响了莱顿对色彩的选择：以明亮的色彩描抹甜蜜的主题，沉郁的色彩则留给了悲悼。

莱顿作品《炽热的六月》。这幅作品色彩明亮而柔和，宁静恬适，是他的代表性作品。

二

里奇蒙在塑造厄勒克特拉时，不仅表现她的悲痛，还难忘她的少女身份，因此她把手抬起来搁在阿伽门农墓碑之上，整个身姿构造出一道美的弧线。而莱顿，则用宽大的袍子盖住了厄勒克特拉的曲线，有意在细节上淡化少女应有的自然之美，厄勒克特拉看上去就是一个略显臃肿的历经沧桑的女人。这样就出现了两个厄勒克特拉。

是的，有两个厄勒克特拉。据报道，大音乐家理查·斯特劳斯在霍夫曼斯塔尔脚本的基础上创作出歌剧《厄勒克特拉》。西雅图歌剧团于1909年10月18日、19日连续两天在麦考大厅演出。在100分钟的演出中，理所当然的主角厄勒克特拉必须从开场不间断地开唱长达90分钟，这对扮演者是个严峻考验。该剧的导演于是启用了两套演员阵容，在前后两天里饰演厄勒克特拉的分别是贾尼斯·比亚特(Janice Baird)和珍妮·卡斯尔曼(Jayne Cassleman)。两位女演员都有近乎完美的嗓音，能够自由地在女高音和女中音之间进行跨跃，但总体效果上显然各有千秋：卡尔斯曼更好地在外形上吻合了厄勒克特拉

歌剧《厄勒克特拉》剧照。

的敏感和易受伤害，情感表达放恣而酣畅；比亚特则通过具有穿透力的清晰、华丽的声音与管弦乐相交织，情感流泻如泣如诉。这一歌剧史上的经典，已经成为许多歌剧团的保留节目，而厄勒克特拉，在不同演员的诠释下放射着多彩的舞台魅力。

是的，有两个厄勒克特拉。一个在爱着，一个在恨着。

西格蒙德·弗洛伊德（Sigmund Freud）发现了爱的厄勒克特拉。他将厄勒克特拉对阿伽门农深沉的爱编织成一个情结，称之“厄勒克特拉情结”，就是人们常说的“恋父情结”。他在梦的临床分析中发现，成人梦中会出现性倒错和乱伦，他认为来源于童年时期力比多在欲望对象上的“投资”。这种情结，在小男孩身上表现为“俄狄浦斯情结”，在小女孩身上则表现为“厄勒克特拉情结”。即使是正常的女孩，也往往表现出依恋父亲而排斥母亲的倾向，在癔病患者那里则更为严重。弗洛伊德理论认为，无论是男孩还是女孩，母亲都是他（她）的第一个依恋对象，小男孩意欲独占母亲而敌视父亲，这易于理解。而小女孩的情况复杂一些，因为她具有的双重性要求她必须离开自己的第一个依恋对象而投向原先的竞争对手。对此弗洛伊德理论的解释是，当小女孩意识到自己没有外显的性器官阴茎，仿佛被阉割了似的，就会转而埋怨母亲，对阴茎的崇拜则加速了对父亲的认同。弗洛伊德理论所提供的，仅仅是对人类心理和潜意识的解读方法之一种，并非确凿的科学公理。但不可否认，他所开创的精神分析理论犹如一艘动力充足的航船，仍在广阔开辟新的航道。而厄勒克特拉，因为忝列船舱，也随之旅行到心理学冰山亘布的洋面。

让－保尔·萨特（Jean－Paul Sartre）发现了恨的厄勒克特拉。在三幕剧《苍蝇》中，萨特再次复述了俄瑞斯忒斯复仇的经典故事。此剧中，厄勒克特拉依然留在宫廷之中，只是身份由公主降为了女仆，受到篡位的埃癸斯托斯和克吕泰涅斯特拉的奴役。当俄瑞斯忒斯从外地回到迈锡尼的都城阿耳戈斯时，天神朱庇特曾化身凡人劝告他放弃复仇的念头，保持目前的自由状态。正当他对城里不自由的空气感到烦恼准备离开时，厄勒克特拉出现了。在姐弟二人的对话中，厄勒克特拉极力强化俄瑞斯忒斯的家族意识，渲染自己遭受的灵肉伤痛，用激将法促使俄瑞斯忒斯拔剑为父亲复仇。是厄勒克特拉彻骨的恨说服了俄瑞斯忒斯，他的复仇行动，其目的更像是为了解救身陷囹圄的姐姐，给她以心灵安慰。可是，对克吕泰涅斯特拉的杀戮意味着弑母之罪，俄瑞

《俄瑞斯忒斯刺杀埃癸斯托斯与克吕泰涅斯特拉》(Orestes Slaying Aegisthus and Clytemnestra),意大利画家贝纳迪诺·梅(Bernardino Mei)作于1654年。

斯忒斯不得不在复仇女神的怒吼、民众的声讨和苍蝇的包围中黯然逃离。人究竟有没有选择的自由?自为自由有没有阈限?这是萨特关心的问题。俄瑞斯忒斯拒绝朱庇特的提议,表明他放弃了作为自然人的选择权利。当厄勒克特拉的说辞在他心中激荡起涟漪,俄瑞斯忒斯已意识到,一个社会人的选择是有条件的,而且这种选择必然附加有无法规避的责任,尤其当选择是两难的时候。俄瑞斯忒斯既然不能选择做"局外人",就必须听从秩序、伦理的等一切社会规约的代言人厄勒克特拉的律令,首先去做英雄,接着沦为罪人。

萨特塑造了两个厄勒克特拉。或者说,他塑造了一个具有两面性的厄勒克特拉,塑造了厄勒克特拉的分裂人格。读《苍蝇》时,读者往往会觉得奇怪,为什么厄勒克特拉在俄瑞斯忒斯犹豫不决时反复劝说他卸下包袱,非要除掉埃癸斯托斯和克吕泰涅斯特拉而后快,而当这些变成现实以后,厄勒克特拉没有丝毫欢喜,她反而厌弃俄瑞斯忒斯,为他感到可耻,同时自己也陷于无法自拔的悔恨当中?其实,分裂的人格在社会心理的层面又铆合在一起,不同的态度乃是内在地统一于一个态度之中的——厄勒克特拉心里有一个貌似正义的伦理标准，如同公众舆论一样：放弃复仇不合伦理，因复仇而弑母同样不合伦理。从这个角度看，厄勒克特拉并不是懦弱的，也并非是朝秦暮楚的，她也许早就意识到，宿命的悲剧已使所有的选择落入了圈套，人注定因社会存在而不自由。

三

一个怂恿弟弟杀死自己母亲的人，当她在家庭悲剧幕落之时，想到父亲的白骨，想到母亲的尸身，想到弟弟将在良心的责罚下流落他乡，当后悔与自责像影子一样跟着自己时，等待厄勒克特拉的将是怎样的结局呢？

对厄勒克特拉，古希腊悲剧作家抱有一颗同情之心，悲悯在纸上写就她尚算万幸的命运：在埃斯库罗斯的版本中，智慧女神雅典娜通过多方斡旋，消除了复仇女神对俄瑞斯忒斯和厄勒克特拉的怨恨，他们的弑母之罪得到原宥；欧里庇得斯的版本更具戏剧性，厄勒克特拉的农民丈夫对妻子的公主身份心怀敬意，他对厄勒克特拉的身体谦虚地敬而远之，当姐弟俩完成复仇行动之后，厄勒克特拉得以处女之身由女神赐婚与俄瑞斯忒斯的密友皮拉得斯。而索福克勒斯的版本，复仇成功就是结束，姐弟二人的后续命途就语焉不详了。在人道主义滥觞之时，和拉辛同时代的法国剧作家克雷比荣（Clebillon，1674—1762）在戏剧《厄勒克特拉》中沿袭了古希腊戏剧的主线，但糅进了浓重的爱的色调：厄勒克特拉和俄瑞斯忒斯的母亲出于对孩子的爱也站到正义一边，埃癸斯托斯成了唯一的罪人。而俄瑞斯忒斯对克吕泰涅斯特拉，根本不是寻仇，而是误杀，从而与故意的“弑母”之罪区别了开来。

以后的转述者对厄勒克特拉就没有如此心慈手软了。19 世纪初德国剧作家霍夫曼斯塔尔（Hugo Van Hofmannsthal，1874—1929）在开始构思《厄勒克特拉》时就没有想过让他的主角在结束时活下来，在写作之前的几封信里他就流露了“杀机”。在他的演绎中，厄勒克特拉成了歇斯底里的近乎丧心病狂的女人，被安排在复仇的快意中气绝身亡。而 20 世纪另一位德国剧作家豪普特曼（Gerhart Hauptmann，1862—1946），则在《阿伽门农家族四部曲》中刻意突出家族成员之间的仇恨与杀戮，他构造的疯狂世界似乎已经没有了血缘，没有了亲情，结局只能是无一幸免的毁灭。这部豪普特曼晚年时期作品的现实版本——纳粹暴行当时正席卷欧洲，豪普特曼所展示的，正是人类自相残杀的缩影，盘旋不去的悲观主义的乌云压抑着人喘不过气。

《苍蝇》中的厄勒克特拉跑了，她拒绝了俄瑞斯忒斯去寻找另外的自我的提议，痛斥被自己怂恿的弟弟是一个“盗贼”，将她“投入血泊之中”。她说“我的心已经成了苍蝇的破窝”，这满是疮痍的内心已经失去了漂泊的权利和动力，没有一片栖身之地。她跑出了人们的视线，把孤独的俄瑞斯忒斯留给了复仇女神。她能往哪里去呢？饱受精神分裂折磨的她只能去向无底的深渊：要么肉体自残，要么精神自残。总之，厄勒克特拉和俄瑞斯忒斯的“弑亲”行为，始终无法得到原宥。

希腊当代剧作家卡巴奈利斯（Lakovos Kambannellis，1922—2011）探索了谅解的可能性，他的剧作《晚餐》接续了阿伽门农家族的故事：先是大女儿伊菲革涅亚复活，她召集完成复仇行动的厄勒克特拉和俄瑞斯忒斯到厄勒克特拉的农民丈夫家中，同时邀请到的还有死去的阿伽门农、卡桑德拉、克吕泰涅斯特拉和埃癸斯托斯的鬼魂。在晚宴上，四个死者已经了悟了人世的悲喜，他们在对前生的回眸中更多地找到了爱的记忆，于是彼此原谅，重归于好。然而，阴阳两隔却使爱的信息无法传递到仍在痛苦挣扎的子女内心，他们只能眼睁睁地看着在人世泥沼中不能自拔的三个孩子仍然背负着人性的锁链，在愧疚与自责中苟延残喘。最后想到解脱之道的是大姐伊菲革涅亚，然而这办法又是那么无奈，那么揪心：她端来毒酒，与厄勒克特拉和俄瑞斯忒斯一起饮下，姐弟三人在扭曲中共赴黄泉。危局的落幕以家族的毁灭作为最终的代价，从纳粹集中营中幸存下来的卡巴奈利斯，依然没有给人类的痛苦找到良方。救赎难道真的是徒劳的吗？中国导演罗锦鳞在排演《晚餐》时这样诠释这出戏剧：“我们是我们的刽子手，我们是我们的阶下囚。”当我们要拯救的对象是一个充满悖论的荒谬世界时，拯救本身的意

希腊当代剧作家卡巴奈利斯。

义又在哪里呢?

四

弗洛伊德说每一个少女心中都有“厄勒克特拉情结”,于是,弗洛伊德化的厄勒克特拉变成了一个隐现无常的幽灵。

厄勒克特拉的幽灵飘荡在美国南北战争时期南方的一座贵族庄园里。她的闪灵在尤金·奥尼尔(Eugene O'neill)的戏剧《悲悼》(Mourning Becomes Electra)的标题中甫一探身,就钻进了剧中女主角莱维妮亚的胸腔再也不露面了,但却支配着莱维妮亚的心理和行动,让她和她的家族重蹈覆辙。在这个三部曲中,剧中的人物与迈锡尼的王族严格地按照对位法来安排:孟南准将对应阿伽门农,克莉斯丁翻版克吕泰涅斯特拉,埃癸斯托斯摇身变为卜兰特船长,而寻仇的俄瑞斯忒斯则由孟南的儿子奥林扮演。这一古老叙事的现代演绎当然生出了一些新的枝节:弗洛伊德主义为剧中的人物加诸了诸多情结,莱维妮亚有“恋父情结”,奥林有“恋母情结”,两人又同时有“乱伦情结”;为了使莱维妮亚对克莉斯丁恨得更决绝,奥尼尔让她爱上母亲的情人卜兰特,爱的占有欲驱使着“恋父”的莱维妮亚在说服“恋母”的奥林时更加卖力,在他将信将疑时,更把他直接带到了克莉斯丁与卜兰特幽会的现场。后面的高潮于是顺理成章了:奥林枪杀卜兰特;克莉斯丁知晓情人之死而自杀;奥林因母亲之死而自责,同时因为得不到莱维妮亚完整的爱也拔枪自尽。最后只剩下茕茕孑立的莱维妮亚,带着“阴郁的,落寞的”厄勒克特拉式的微笑,把自己禁闭在不见阳光的旧宅中,仿佛步入了一座石坟。

厄勒克特拉的幽灵附着在美国自白派女诗人西尔维亚·普拉斯身上。普拉斯的家族史,并没有阿伽门农家族那样惊心动魄的故事,但她短暂的生命,仍然被传记作家称做“精彩而乱糟糟的一生”。普拉斯仔细读过弗洛伊德的著作,她也因经常发作的焦虑不安和歇斯底里接受过精神治疗,领受过当时流行一时的恐怖的“电惊厥疗法”。这种种遭遇,加上童年丧父的伤痛,使她的内心呈现出厄勒克特拉的精神症候。在诗歌中,她曾把父亲比作令人景仰的“巨像”,比作高耸入云的“紫杉”,比作让人敬畏的“法西斯党徒”,她对父亲的情感也因此变得复杂起来,在著名的《爹地》一诗中,她写道:

他曾把我红色心房咬成了两半。
他们埋掉你时我只有十岁。
二十岁那年我试过去死，
回到，回到，回到你的身旁。
我想就是白骨也会这样做。

曾经的伉俪情深：诗人特德·休斯与西尔维亚·普拉斯。

即使父亲是“恶魔”，她也要回到他的身边。对父亲的如是勾塑让我们不得不联想起曾经不可一世的希腊英雄阿伽门农。一个近乎完美的、无比高大的父亲形象，深埋在厄勒克特拉心中，当作为父亲替代者的丈夫击碎了这样的幻想，给生活带来瑕疵，即使他是英国的桂冠诗人特德·休斯（Ted Hughes），普拉斯也无法接受。她的灵魂已经是厄勒克特拉式的，休斯的不忠揭开了她的“疯狂之盒”，在写下了《高烧103度》、《死亡公司》、《拉撒路女士》、《爱丽尔》诸多控诉般的诗歌后，她打开煤气结束了生命。

厄勒克特拉的“真身”去了哪里？她带着五个坐在轮椅上的男人，漂洋过海，来到了东方的日本，在剧作家铃木忠志的安排下向另一种肤色的观众复述自己的故事。铃木忠志为故事的发生环境选择了一所医院，而陪同厄勒克特拉一起亮相的，是五个坐在钢制的轮椅上需要接受精神治疗的男人。这五个如影随形的精神病患者代替了古典悲剧中的歌队，正是厄勒克特拉精神状况的仪式化表达，他们在戏剧高潮前的铺叙中穿梭于阴森冷峻的舞台，时而对人物行为发表评述，时而参与对剧中人物的劝慰，把剧情刻意搅得混乱而无章法，其实也恰是对人物潜意识的戏剧化仿拟。聪明的铃木忠志还意识到，重述厄勒克特拉的故事，如果只是对古典悲剧亦步亦趋，显然无法满足现今观众的审美胃口，因此，除了医院，除了五个精神病人，他还为戏剧增加了许多具有现代性和民族性的元素。贯穿于整个戏剧的由一位鼓手敲击的架子鼓被搬上了舞台，既强化了戏剧的现代感，同时鼓声的疏密、强弱也有效地配合了剧情的推进，让观众体验到了“命运之鼓”对心灵的震撼。在厄勒克特拉的表演中，导演也运用了木偶、卡通甚至是歌舞伎演出的一些手段，为西方故事添上了东方神韵。

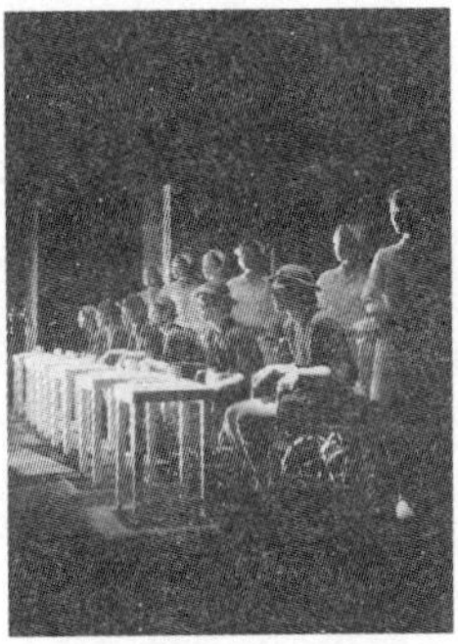

日本剧作家铃木忠志的《厄勒克特拉》，背景是一所医院。

匈牙利导演杨索的电影《厄勒克特拉，我的爱》，影片结尾出现红色的直升机，载走了厄勒克特拉和俄瑞斯忒斯。

厄勒克特拉的“真身”，出现在东欧的大草原上。匈牙利“诗人导演”米克洛斯·杨索(Miklós Jancsó)“捕捉”到了她的这次现身，并用十二个长镜头组成的影像将这个故事转变为“革命寓言”。电影命名为《厄勒克特拉，我的爱》(Szerelmem，Elektra，1974)，看上去像是在表现一个宗教献祭仪式，杨索把环境放在一望无际、群马奔腾的大草原上，除了几个主要人物通过表演将情节一步步推向深入以外，镜头中还出现了少男少女组成的歌队和舞队，在钢琴的伴奏中，诸多舞蹈形式如独舞、双人舞、群舞以及马术表演等让这部电影的外景地成了众多现代艺术的集中展示场所，诗意元素也随之溶进了复仇的血腥中。更令人意想不到的是，杨索交给俄瑞斯忒斯和厄勒克特拉的复仇武器不是剑，而是革命的手枪。当子弹杀死了埃癸斯托斯和克吕泰涅斯特拉，也同样以自我了结的方式钻进革命者的身体后，杨索突然从天空中降下一架赤红色的直升机，将复活的厄勒克特拉和俄瑞斯忒斯接走。红色的直升机，是不是就是传说中带来自由与和平的火鸟？它的涅槃，厄勒克特拉姐弟俩的重生，是不是人类得以洗去尘孽、脱胎换骨的象征？

载着厄勒克特拉的直升机，在尘世上空盘旋了许久，终于消失在天际，离开了人们的视线，但我们知道，她一定会再回来，也许戴着面具，也许容颜衰朽，她会回来寻找自己的魂魄，在希腊的某个岛屿，在曾经弄丢过一次的杜鹃花路，在东方或西方的任何角落……

□ 黄　斌

麻将席子

孩子开学了，楼下的桂花，像蜂蜜一样一滴滴凝结在叶下，很新鲜；树边的空气，也微微香了起来。天气虽然还比较热，但家里的席子，也从床上收了去。眼看这今年的夏天，就要过完了。

日子一天天的过，值得回味的，或者说不被遗忘的事情，其实也少。想想今年的夏天，能让我不忘的，或许是我家那张已卷进柜子的麻将席子吧。

其实，我已多年没有睡过麻将席子了。

最早睡麻将席子，还是在1986年前后，感觉比一般的篾片席要更清凉，并且凉的感觉来得快些。篾片席子薄，也不错，只是和麻将席比起来，清凉得逊色一点。只是我那睡麻将席子的家，早已破败，也已易主，再也不能回去看看。前些天看范超的博客，找到一张和旧友在那个老家喝酒的旧照，看着少年时的自己，如面对陌生人，都不大像了，还有那些无比熟悉的碗碟和家具，真有些梦幻泡影的感觉。那张照片里没有麻将席子，但我心里知道，在照片没有照到的地方，有麻将席子。

我家那张麻将席子去了哪里，自是无法知晓，或许化为了尘土，也未可知。因在竹乡长大，见过竹笋的长势，从土里迫不及待地冒出来，那么快的成长，实在难得一见；那种快，或许比近数十年中国经济的快，还要过之。有时我也有点幻觉,不知道是土变成了笋,还是笋本身就是土。但等 新竹长成,那竹子的高,和竹叶的密,不在竹下,不能感受。新竹长成,不少淘气的小学生,或恋爱中的小儿女,就会在竹上刻字,无聊地写"某某到此一游",或表爱的"某某爱某某"……我在新竹旁边的时候多,自然见过不少,有时候觉得那些被刻上的字,实在多余,也冤枉了竹子,但现在又想到楚地出土的那些竹简文字、文文山的"留取丹心照汗青"的《正气歌》,又不觉得竹子的冤枉,还是有些矛盾的。不过,我对竹子的感觉,除了觉得新笋好吃、竹箨难看之外,应是新竹的青绿,和那青绿上的细密的白毛,像我初中同桌的女生脸上的毛一样。说起来好笑,我从没注意过人身上的毛的,但在上初中的时候,偶尔看到旁边漂亮的女生扬起脸的侧面,在光线中,一大片细密的毛,在光线中勾勒得纤毫俱在,甚至还看得到毛根的黑头,实在是讶异得很,也不知道为什么平常不能发见。而那竹壁上白毛,就非常清晰了,细软到甜蜜,一触即化如棉花糖。后来又看到好作文的同乡,说去崇阳山中访亲戚,亲人在初夏剖开新竹,放进去新采摘下的樱桃,到冬天水果欠缺的时候,又将竹剖开来,给孩子作零食,就不是一般的羡慕了——原来竹筒还有天然冰箱的作用,像穿越了季节似的。我小时候在新店,还见过不少忙碌的篾匠,就在街上,像一只只青蛙,坐在那里,手上不停地忙碌,把篾片编成筐。再后来读了点书,知道了苏东坡的"宁可食无肉,不可居无竹",算是多了解了一点文人的雅趣,虽说以我的经验,竹笋的味道,未必不如肉好吃。

说起这些,不由得不让人感喟,竹之为用也大矣。

在中国和竹有交流的人,看来是太多了。所以,后来看到画上的竹,肥瘦兼有,也以寻常事目之。以画竹名的人,除了文与可,就是郑板桥了,前者留下了"胸有成竹"的成语,后者留下了小吏的政治学和美学,如"疑是民间疾苦声"、"江馆清秋,晨起看竹"什么的。但在我的感受中,实用也好,艺术也好,都不及我在竹林中那亲眼的目睹和当时心中的感觉,因为这经验只要有了,就再也不会忘却,以后只要愿意,那种在场的细节,就可以被自我的感受复原。

再说竹篾之器,自来多有,不脱寻常日用,在南方也像空气一样寻常。我之所以特别注意麻将席子,一是它的清凉,二是它的形态。

清凉不用说在夏日的酷热中才会真切地感到。我记得老家的床上,换上麻将席子后,坐上去,有点冰屁股,睡觉时只穿一件三角裤,在席子上滚,每一滚动，都觉得特别舒服，身体像受到了特别的优待。这席子叫麻将席，自是因为席子的组件，看上去像一块块麻将。真正的竹麻将，我也玩过，麻将席子的组件，比真麻将约薄一半，但作为席子，比篾片席，要厚了四五倍。因而，睡在席子上，依稀是睡在一片厚竹上了。

所以，家里换上麻将席后，虽然没有空调，但从没觉得天气会热得睡不着觉。从学校下完晚自习回家，草草冲个凉，就入睡了，多做了不少梦。

离开老家后，就再也没有在夏天睡过麻将席了，在武昌一般碰不到麻将席子，多是草席和篾席。

上次和沉河、木头从湘乡回武汉，经过岳阳，已是中午。我们到巴陵服务区停车吃饭，无意发现，有卖麻将席子的。我高兴得很，一问价钱，还非常便宜，只要 160 元，没还价，就买了一床回来。回到家，非常珍视似的把它洗净，铺在书房的床上，躺上去，无比享受，像感觉到有另外一个身体，回到了自己现在的这个身体。

秦老师

下午下班前，集团编办主任给我一张图和一个 u 盘，图上面是集团的标志和几个字——楚天粤海国际大酒店。主任嘱我找人把上面的字体再弄一弄。我一看，心说，这不是秦老师的字吗？一个繁体字没有，家传的爨宝子体书法。这字，无论在哪里，我都是可以认出来的。集团原写字楼将改为酒店，这是我早就知道的。没想到的是，给这个酒店题字的，竟是秦老师。

我已经有五六年没见过秦老师了。

秦老师，本名秦大治，广东番禺人。听说他曾用名秦大难，因出生于逃日本兵的难民群中，后改。他曾任原武汉河运专科学校宣传部副部长，现已退休，当过我的领导。

我 1990 年 7 月大学毕业后，带着户口迁移证和一叠肉票，去河运学校报到，然后就认识了秦老师。

听当时的同事介绍，秦老师的父亲，是广东书协的前主席秦咢生，大名鼎鼎的书法家，以“爨宝子体”和“吴天发神谶”独步书坛。比如现在的“招商银行”四个字，以前的“粤港信息日报”六个字，都是典型的爨宝子体。另外，《深圳特区报》的报头，也是秦咢生先生题的，这属于秦家行书。

我从小习字，碰到这样的领导和老师，自是难得的幸事。

我记得去河运学校宣传部报到的时候，当时宣传部还没有正部长，秦老师在代理宣传部的工作。我先到校报报到，然后校报的领导带我去见他。他当时和一个宣传科长一个办公室，坐在铺着玻璃的办公桌边，起身，一身蓝布衣，瘦小的个子，葵花子型的脸，清澈的眼神，一口正宗的普通话，对我表示了欢迎，勉励我好好工作。

河运学校当时是隶属于交通部的大专，以培养国家内河航运人才为宗旨。对于刚刚参加工作的我来说，所有的经验，都很有新意。我到了校报编辑部以后，主编第四版，也就是副刊版，发些学生写的散文和诗，自然谈不上重要。宣传部，除了校报编辑部，还有另外一些专门的人才，比如画画的，搞摄影的，搞音乐的，可以称得上麻雀虽小，五脏俱全。不用说，秦老师能当上副部长，那一笔家传的字，肯定给力。

在到河运学校工作之前，我从当时的 11 路或 511 路公汽上，已经见识过秦老师的书法了。这个印象我一直非常清晰——坐公汽过了三层楼那个涵洞，车沿坡上行，抬眼，就可以看到“武汉河运专科学校”这几个字；每一个字，都做成一个电视机屏幕大小的方格，绿漆，竖排，是当时河运学校的招牌。那几个字，给我的印象，也是很深的。当时只要去湖北大学找朋友玩，就要经过武昌三层楼的河运学校，总能在公汽中，看到那几个招牌字。

我练字，比较大众化，柳体、颜体、王体什么的，所以，当在公汽中看到那样的大字，自是一惊：世间竟有这样粗犷恣肆的字！

后来读书才知道，在清代扬碑抑帖的书学氛围中，《爨宝子碑》和《爨龙颜碑》，简称“二爨”，被康有为和包世臣誉为碑书的顶峰。

没有想到的是，当代写这字体最好的书家之一，就在我行进的路途之中，字也能清晰地看到。

我以前练字，总有一种失败感，不知道如何才能写出方笔，王体字中，有很多方笔，我从没有写成功过。我练字，纯属自学，练楷书，讲究书上教的回锋和中锋。至今我都觉得郁闷，觉得自己没有天才，因为从小学到高中，我从来都没有直接去写过一横，一定要先回锋，然后勒之，收笔还要回锋顿住，走的是很长的一条曲线，这就像总是守规矩的孩子，突然看到有撒野的孩子那样羡慕，而魏碑方笔中的直角三角形和等边三角形的那种点，无论如何是写不出来的，那种刀劈斧削的感觉，我从来觉得不可能用毛笔写出。

因有这样的经历，所以，在公汽中看到"武汉河运专科学校"这样的方笔大字，觉得讶异和不可思议。

记得当时工作过一段时间之后，秦老师知道我也爱好书法，很是高兴。他看过我写的字以后，先给了我《崔敬邕碑》，让我写。我在练过一段时间之后，有一天晚上发愤，一口气在一张宣纸上，用通宵临完，第二天给他看。他看了看我写的，然后说，形似到了，神似不够，继续练。然后我趁机向他请教，如何写那种三角形的方笔点。他说，你不是有楷书的底子吗？其实很简单，你用笔折出三角，就可以了。然后他给我示范。这个细节我记得清楚，在校报和他的办公室之间，有一间大办公室，被杂物柜隔成两间，挨着校报的那一间，有一个大台子，有乒乓球台那么大，可以写字。他就在那台子上面，用笔先左侧向上起笔，然后横折向下，后向左上收笔，一个等边三角型的点，就写出来了。然后他说，方笔劈锋，所在多有，你写多了就会了。

在我，也是一直想有机会学秦老师的家传字体的，能写方笔，即是开始。

写完《崔敬邕碑》以后，秦老师又给了我另一本字帖——传为褚遂良的《大字阴符经》。之所以给我这本字帖，以我的经验，也能看出来一些。秦老师家的行书，用笔的来源，也多从此帖中出，重要的是用笔的灵动。现在想起来，《阴符经》更是道家的原典，练字之余，那些言说，对我也是难得的相遇。比如在《阴符经》的上篇开篇，就是直拎拎的——观天之道，执天之行，尽矣。这寥寥十余字，现在回味一下，就是典型的中国思想的味道和气质。

褚书妩媚，写起来，难度不亚于写出方笔。特别是，褚遂良行书的竖笔，总有一个由左至右的蟹爪，那个弧度，不是一般人所能写出。当然，客观地看，这一个细节，是褚书的魅力，也是他的习气，要在这一笔中体会那种独有的牵丝萦带，也非易事。可能对于练习的人来说是孜孜以求，对于当时的书写者来说，不过是习惯和兴致。

就这样，当时我在河校跟着秦老师，有过这样一种习字的经历。

在一起相处久了，觉得秦老师是个很好相处的人，恬淡，低调，不温不火。他和我说话，从来是不紧不慢的，写字示范，也是拿着笔一笔一笔，写到为止。我当时还是光棍一个，又喜欢熬夜。没事的时候，就在那个大台子上，写字。有时候下班了，不想去食堂吃饭，就继续在那个台子上写字。

我还有一个印象，记得有一天下班很久了，我在台子上写辛弃疾的"东风夜放花千树"的词，是褚书风格，一路写下来，突然听到秦老师在身后说，哈，写出些味道来了，蛮好的。我忙说，秦老师，您还没回家呀。他笑笑说，我马上走的，正好碰到你在写字，顺便看看。在宣传部，多了不少写宣纸的机会，每次活动搞下来，总可以腐败几张纸，高兴得不行，像占了蛮大的便宜。

1991 年初秋，碰上学校搞建校 40 周年大庆，说交通部的副部长都要来，宣传部不用说要写写画画。记得当时组织了三十几张六尺大小的宣传板，我和一个同事，负责文字抄录。毛笔用不同的广告色抄。几张板抄下来，还真累人。这时我访友的瘾发了，去一个朋友那里喝酒吹牛，玩了一天。第二天来到学校，心里不免惴惴。秦老师来了，看着我，笑了笑，说，呵呵，你这个家伙！罚你多抄两张宣传板。忙了半个多月，总算抄完了。摆在展厅看效果的时候，秦老师指了指我写的有些字的笔划，说，你看，临帖的效果，在这些笔划中就出来了。我定睛一看，果然是，不知不觉中写的是帖上的笔划。这时只剩下第一板的几个题字没有写了，同事请秦老师，说，这个得您来操刀了。秦老师手一摆，指指我，说，你去写。我也没想过谦虚，拿起笔就刷了上去——辉煌的历程。写完，秦老师点了点头，说，不错。

有一次，学校有一个领导的母亲去世了，来请秦老师写字。他把我叫到办公室，说，你写四个大字吧：懿范长存。我想也没想，就在一张四尺的纸上，写下了这四个字，不到三分钟。只是过后几天一想，原来这几个字，也是颇为讲究的，如"懿范"这两个字，肯定只能用在女性的身上。

1992 年夏天，我结婚了，同事们每个人凑了五元人民币，作为贺礼。因为秦老师是书家，我就对他说，您能不能给我一幅字。他说，这没问题；只要是同事结婚，我都给字。不久，他给了我一张整四尺的爨体字，展开一看，还是他自己写的诗。我当时读了一遍，很有些佩服。原来，秦老师的旧诗的功夫，不亚于家传的书法。

后来我发现，秦老师楷书的底子，还是褚体。当时，在湖北大学那条街上，有个书商郭老板，相信只要在我们那个年代读书的人，都记得他。此人有一条腿不大方便，但生意做得好。他当时想出一本字帖，就请秦老师写示范字。我有机会看到，秦老师在那些米字格里，全是写的褚体的楷书。

在一起久了，也顺便认识了秦老师的夫人。她也是我们河校的工作人员。说起秦老师，她从来都是调侃的语调——哈，他呀，只是个水货，笔力比他爹差得远了。不过，不管她怎么贬秦老师，脸上都是笑呵呵的，有一种自然流露的开心。

因同在武汉，秦老师和已故的李国平院士算是广东老乡，也颇多同好。听秦老师夫人说，他们之间，当年偶有诗书往还，还挺上心。这种深入骨髓的风雅，在当今不用说渐成绝响。

1993 年以后，我离开了河校，去了报社，有时也会想到秦老师。有一段时间和同事一起编辑过一个专刊，叫《神州纵横》，刊头可以选一些题字。有一次，我去找秦老师，给我写过横式和竖式的数种，刊过两次。那字体，也是以褚体为底子。

我虽然写字，但印章很少。我知道秦老师也会治印，就有一次去他家，请他刻一个，他答应了。那大概是 1997 年左右。我在秦老师家，欣赏他父亲留下的一方端砚，和一块猪肝一样大小，把玩了半天。

只是我懒惰成癖。2004 年的时候，在湖北美院的一次书法展上，我又碰到秦老师，依然是那样清癯的样子和清澈的眼神。他说给我的章子，早就刻好了，叫我有空去取。可惜五六年过去了，我没有认真写字，也没有去取秦老师刻的那一枚印章。

但在我心里，秦老师就是我的书法老师。就算我没有见到他写的集团酒店的这几个字，我一样非常清晰地记得他的字体的形态和面貌。在我的印象中，秦老师不求名利，只是满足亲友和工作的需求。他写字作诗，只是为了写字作诗。

秦老师写字，还有一个特点，凡给人题招牌，从不写繁体；虽说他不止一次说过，还是繁体更好看些。所以，这次看到他的字，一看到“国际”两个简体字，心里不由得笑了。

我记得在离开河校之前，有一次和秦老师谈到和他父亲的区别。他说，在笔力上，可能不逮其父，但是他有一个愿望，想写出一种爨宝子体的行书。理由很简单，亦楷亦隶，是爨宝子体的特点，但由隶到隶草，也是书法史上的事实，不容否认。我羡慕地说，如果成功了，那肯定是一种新的书体了，一定别有韵致。

至于秦老师的爨行书研发成功没有，我不知道。我现在所见的，仍是亦楷亦隶的秦家爨体。以我的判断，秦老师较之其父，力度上，是弱了点，但文气上，又多了些。我今天所见的字，更是他个人的字，虽说也是他家传的字，那一点文气，我能体会。

至于秦老师的爨行书研发成功没有，我不知道。我现在所见的，仍是亦楷亦隶的秦家爨体。以我的判断，秦老师较之其父，力度上，是弱了点，但文气上，又多了些。我今天所见的字，更是他个人的字，虽说也是他家传的字，那一点文气，我能体会。

□ 武小西

两　则

一

正午走过草坪，红砖塔楼传来钟声，突然看见一棵树的根部，卧着一只松鼠——从来都是看见松鼠蹦跳或啃坚果，一惊一乍，晃着蓬松的尾巴。无疑——

它死了。

一动不动地卧在树根旁，尾巴顺从地放在身后，头枕着什么，像在熟睡，睡在一个杳无喧嚣，叠放于此的别处。

我凑近它，希望它因为觉察到什么，而灵敏地跳开。它没有。

我伸出手，想抚摸它的皮毛。它没有。

棕灰的松鼠，在棕灰的树根旁边，就像树根的一部分，不枯荣、不凋零、不萌生，也不消失。

在又一年的第一缕春风里，我在树下，遇见了一个安恬如睡的死亡。

二

自助餐厅的邻桌，坐着一对老年夫妇，和一位坐在轮椅上的，八九十岁的老妇。老妇大概是女人的母亲，女人为她盛好食物，把盘子摆到她面前。

女人和男人专注地交谈，时而大笑。大多数时候，于他们而言，老妇并不存在。

老妇很缓慢地进食，慢得像走向死亡的步伐，被活下去的渴望或本能拼命拖住。

她吃完盘中食物，我看见她，从随身携带的坤包里，掏出一支口红，慢慢地往嘴上涂，像她吃东西那么慢。然后又掏出一个小镜子，照一照。

离开的时候，女人推着轮椅，轮椅里的老妇又掏出口红，涂了涂——像是不放心。

她已经老得看不出性别，犹如一尊抽象的雕塑，用自己的存在，捍卫着美的尊严。

没有地图的大地，或金合欢

——评《英国病人》小说和电影

我走在沙漠里。
我哭喊道：
“啊，上帝，把我领出这个地方！”
一个声音说：“这不是沙漠。”
我哭喊：“但——
这沙子，这酷热，这空洞的地平线。”
一个声音说：“这不是沙漠。”

她说，这是克瑞恩写的，他从未到过沙漠。

他到过沙漠，马多克斯说。

——翁达杰《英国病人》

一、洞穴

小说里的凯瑟琳与电影里的凯瑟琳不是同一个人。又是同一个人，但仅在这个意义上：所有的女人都是同一个人。

凯瑟琳死去的地方，泳人洞穴，隐喻着很多东西。比如欲望：凯瑟琳对病人的渴望。比如习俗：凯瑟琳离开病人的真正原因，并不完全如她之前所说，担心伤害杰弗瑞，而是如她死前所言，她明白她无法改变病人，无法以婚姻的名义与病人生活在习俗之中，他人的眼光之中。还有国度。洞穴隐喻着被边境线画地为牢的国度。病人无法从盟军那儿借到一辆吉普赶回去救凯瑟琳，因为他“有错误的姓名”，外国的姓名。

洞穴还隐喻着仿佛非如此不可的孤独。“你会站在那儿一动不动，不说话，仿佛多露出一寸自己的性格便是对自己最大的背叛。”无论病人曾经怎样着迷于她，病人还是不愿向她袒露自己——尽管他总是赤身裸体地走向她，哪怕三年之后当他走进冰冷的泳人洞穴，走近她已经“变成了合欢树”的尸体。

洞穴还隐喻着身体，这个灵魂的居所或牢房。他们对彼此的渴求中，性的欢愉占着怎样的比重？这个提问方式根本就是错的。在具有原始性的激情中，生命是浑然一体的，无法区分灵与肉、自我与他者。那是一场火灾，恋人会被烧死，或在烈焰中提炼成金石。所以，凯瑟琳说，我们分开之后，要么会丧失灵魂，要么便找到了灵魂。

不止这些。很显然，洞穴隐喻着女人，隐喻着纯粹的女性性别：一个角色，一个不完整的存在。

凯瑟琳死于洞穴，死于洞穴的所有隐喻。

分开之后他们丧失了灵魂。凯瑟琳一如既往地游弋于社交场，但她内里的一切已被病人摧毁。她看上去很冷静因为她已经没有了生命，没有了生命所本有的喧嚣与骚动。

病人在痛苦中怀疑和憎恨，退回过去的习惯，退回沙漠和酒吧，用第三人称写下回忆凯瑟琳的片段贴进《历史》——“死亡就是把自己放进第三人称。”

小说中的凯瑟琳是一个女人。可以用很多短语来形容她：家世显赫，受过很好的教育，年轻且充满活力，并不完全循规蹈矩。美？也许。她便是由这些形容词和一个类概念组成的。很多普遍的性质放到一块，就有了她这么一个女人。但电影里的凯瑟琳是不能用描述和类概念来穷尽的。她就是凯瑟琳。

“亲爱的，我在等你。黑暗中的一天有多长？抑或一个星期已经过去？火已熄灭，我太冷了。我真该把自己拽到洞穴外面。但那里又有烈日。我想我把光浪费在了壁画上，浪费在了写这些文字上。我们死去。我们富裕地死去，与爱人与部落一起，与我们吞咽的味道，与我们进入并在其中游弋的河流般的身体一起。我们藏于其中的恐惧，正像这个幽暗的洞穴。我要这些全都烙在我身上。我们是真正的国家。而不是画在地图上的边境线，不是那些拥有权势的人。我知道你会来，抱着我走进风的宫殿。那是我所希望的全部，和你一起，和朋友们一起，走在那么一个地方。没有地图的大地。灯已经灭了。我在黑暗中写下这些。”

写这封遗书时，凯瑟琳一个字一个字地找到了灵魂。是的，灵魂，不仅是她的灵魂，也不是另一个人的，而是灵魂本身，是超越了角色、国度、时代，超越了人类文明而直抵存在之心的火种——在洞穴中的篝火熄灭的时候，在她即将离开身体的时候。这，是一个巧合么？

凯瑟琳用一封遗书超越了洞穴，超越了她死于其中的所有隐喻。

我在小说里怎么也找不到这封遗书，直到我读到这段文字："信仰的游牧民族，他们走在沙漠的单调里看见了明亮看见了信仰看见了色彩。一块石头或被找到的金属盒或骨头被人们热爱并在一次祈祷中成为永恒的方式。她成了她现在来到的这个国度的壮丽的一部分。我们富裕地死去：爱人和部落，我们吞咽的味道，我们进入身体并在其中游弋——像在智慧的河流中，我们爬进那些性格，像爬树那样，我们藏身于恐惧有如藏在洞穴里。我希望我死后，所有这些都标记在我身上。我相信这样的制图学：被自然所标记，而不是在地图上为自己贴上标签仿佛那些有钱的男女在门牌上写下自己的名字。我们是公共的历史，公共的书籍。我们不被拥有，也不在趣味和经验中一夫一妻地生活。我所渴望的全部，便是走在这样一个没有地图的大地上。

"我抱着凯瑟琳走进沙漠，那里是一本公共之书、月光之书。我们在关于井源的传言之中。走在风的宫殿里。"

把小说改编成电影的人，我想，一定是个深情的人。他用电影，救活了小说中绝望的凯瑟琳，至死都恨着病人的凯瑟琳——爱恨交织地恨着，并让曾经为彼此燃烧的他们真正相爱，真正能够相爱。

洞穴里太冷了。病人为她燃起篝火，用合欢树的枝叶。他们的爱是一株金色的合欢树，树下的人感到自己是如此完整。

二、敌人

病人急切地想要救活心爱的人，却不能从盟军那儿借到吉普——因为他有外国的姓名。他们不在意有个女人重伤，有个女人快死了。他们只想弄清你是敌人还是盟友，他们只想像探雷员拔掉地雷的索引那样，拔掉藏在沙漠里的间谍。

三年之后，这个后来被称为"英国病人"的人，烧着德国人的汽油驾驶着英国人的飞机，带着身体已经变成了合欢树的爱人飞出沙漠却被德军击落，被不知来自哪个部落的沙漠原住民救活——“与救活他的人们在一起的时候，他记不起自己是从哪里来的。他本可以是他在空中与之作战的敌人。”

“这个被战争强暴了的沙漠，人们炮轰它仿佛它仅仅是沙子。野蛮人对抗野蛮人。双方的军队穿过沙漠却对沙漠是什么毫无概念。”

我想起库切《等待野蛮人》里的段落：你已经犯下了通敌叛国的罪行，他说。我们这里是和平的，我说，我们没有敌人。要不我们搞错了，要不我们就是敌人。

我们就是敌人。习惯于占有、掠夺、使用暴力的人类，就是敌人。武力悬殊时，发生的是殖民；武力相当时，发生的是战争。殖民者闯入别人的家园建立好望角，建立资源库，建立军机处。他们认为世代居住在那里的人是“野蛮人”。多么野蛮的理直气壮！武力是最有效的普遍性货币。可以用它购买一切，包括自身的灭亡。

苏格拉底在言辞中构建理想国之前，构建了一个基于分工合作的“健康的城邦”——因为这个城邦只满足人们的基本需要，被其他人嘲笑为“猪的城邦”。之后那个在后人中广为称颂的“理想国”里，有了沙发和点心，有了奢侈，有了狂欢节，于是需要多余的资源，需要向外掠夺。所以需要卫士，需要军队。战争是奢侈品的必然前提，是一个奢侈的城邦的地基与城墙。“发烧的城邦”，苏格拉底这么描述它。苏格拉底这么描述被后人称为“理想国”的城邦。

当拥有奢侈品成了人区别于猪的标志，人就发烧了。殖民和战争是发了烧的人分不清虚实的梦魇。

三、隐喻

小说中有密集的隐喻，像四处都埋着地雷的战场。电影讲述的是一个爱情故事，其它一切都是故事发生的背景。而小说是庞大的，关于沙漠与失落的历史，关于文明与秩序，关于战争、宿命、生死，与人性。病人和凯瑟琳的爱情只是其中的一个插曲和线索。小说的各个主题之间通过隐喻和象征交织起来，这或许并非作者有意为之，而是语文和世界之间奥妙的指引与辉映。

比如殖民现象与性别问题。殖民者之于殖民地，我觉得，隐喻着男人和女人之间沉淀至今的关系：不仅是占领与服从、采汲与给予。还有审美的眼光、神秘感，等等。

女人应该透过殖民现象来思考自身的历史境遇。但一定不能沿着女权主义的思路。女权主义者所要求的平等毋宁是一种“实质平等”。她们想抹平差异，却不明白齐一本是对性别的逃避和扭曲，是对女性性别的自卑和自辱。所谓“实质平等”，正是在抹煞平等得以可能的真正根基。

秩序与文明是男人的发明物，包括所有制。病人的探险队远离那个秩序井然的文明社会，“在沙漠的绿洲里停歇有如欧洲人聚集在咖啡馆和酒吧”。沙漠是他们的家园与放逐地，广袤的地势起伏是时间最初的形象。沙漠是他们的女人。他们是女人，是最初的生命孕育者。

病人是在沙漠里遇见凯瑟琳的，在秩序之外、所有制之外，与凯瑟琳生成了他们的世界。一个最亲密的世界，一个最公共的世界。

“你最讨厌什么?”“谎言。”

“你呢?”“所有制。离开我后，把我忘掉。”

探雷员尅普摆了一路蜡烛，等着汉娜沿着烛光找到他。他白天寻找敌军埋下的地雷，到了晚上，便只希望被找到。被汉娜找到。战争结束那天，盟军在那个意大利小镇的广场上庆贺胜利。哈迪军士爬上广场中心的雕塑，想把不列颠的国旗插在那个具有象征意义的地方。插在埋在小镇里的最后一枚地雷上。

哈迪死了。死于占领。死于象征。死于他的帝国从殖民到战争所一贯体现的傲慢的所有制。

另一个死于占领的人是杰弗瑞。他是个还没断奶的大男孩，当他发现他不能占有他想要的东西，他就可以把这个东西毁掉，哪怕，这个东西是一个人的生命，他也要去毁掉，与他自己的生命一起。人一旦以“爱情”的名义去占有，这个“爱情”，便必然徒有其名。就像打着“正义”的旗号去掠夺，掠夺里一定没有正义。

人和其它事物的区别，于人而言，便是其它事物可以被人占有。而人不能，更不应被另一个人占有。其实，从形而上的角度来看，人也无法占有其它事物。只有约定俗成。约定俗成是人与人之间的契约，并没有在人与物之间建立起内在的联系。而当人与物之间有了内在的联系，这个联系必定是双向的，而不是单向的占有与被占有。“占有”本身是场骗局。出于占有欲的行为，不是导致悲剧，就是导致囚禁。而囚禁本身便是最直观的悲剧。

“你的锁骨旁边的那一小块皮肤是我的。”
“我以为我们反对所有制。”

女人的皮肤与大地彼此隐喻着。地图是占有的象征。是所有制最简洁明确的工具与符号。一个没有地图的大地，一个擦去了国籍与姓名的病人与爱人。一个公共的领域，如同“理想国”里的卫士阶级，他们没有个人财产，没有一夫一妻制，没有私人空间。但他们守卫着一个城邦，守卫着这个城邦里其他公民的私有制。他们没有财产因为他们有金的灵魂。他们生来便有最好的东西。他们不需要任何其它的东西。

在电影中，病人和凯瑟琳之间便是这样一种爱：他们已经不需要爱之外的东西。不需要所有制。因为他们已经有了最好的。

四、语文

泳人洞穴里的壁画，红色的游泳的小人儿，那么生动，仿佛洞穴里盛满了水，他们游在水里——“你最喜欢什么？”“水。游在水里的鱼。”而洞穴早已干枯，就像绘制壁画的人早已成为传说，就像凯瑟琳，死在篝火终于熄灭的孤寂里。我想到柏拉图的洞穴，墙壁上随着火焰变幻的影子——柏拉图是个幽灵，他在你的阅读中徘徊，在你的思考中徘徊，在你日渐发现或创造出的人性里徘徊，不是么？

一个走出柏拉图的洞穴的人将看见更真实的东西，将体验更高贵的幸福——《理想国》如是说。泳人洞穴在非洲，在地球上的人类起源的地方。根据进化论，最早的人类起源于非洲，在远远早于文明发生的历史之前，慢慢遍布地球的各大板块。人类的进化史便是人类“走出非洲”的历史，走出那个已被文明遗忘的泳人洞穴。

不止人类。每个人的个体生命，也都是从洞穴中诞生。

生存与繁衍。一切物种最初的行动力。最初走出非洲的人，是因为身体条件不够强悍而被迫去其它地方寻找生存的机会的人。所以至今非洲人都有着最强健的体格。而拥有不够强健的体格的人们便日渐懂得了合作与思索，懂得了集体与国度。最聪明的人种，在体格上是孱弱的。他们建立起最严密的文明以保护自己，满足自己；他们发明出最精致的语文，训练自己，维持自己。

休谟调侃说，人类是个多么滑稽的物种：他们的欲望与他们中单个成员的身体能力简直不成比例。我想，好在，他们有语文。他们有一个在流逝与变迁之外隐喻着永恒的世界，他们的从生到死，便成了一次迁徙，迁徙到那个关于永恒的隐喻里。眼前的自然主义的世界容不下如此阔大的悖论。但语文可以为他们透支意义，他们可以在意义中挥霍自己没有边境线的想象力。

这便是电影中的凯瑟琳找到了灵魂的秘密。她用一封遗书走出了洞穴。而病人在讲完了自己的故事之后，便让汉娜为他注射剂量致死的吗啡，为他朗读凯瑟琳的遗书。

他把故事放进语言，让故事完整地留在了它发生于其中的那个世界。他也可以走了。去另一个世界继续活下去，和凯瑟琳一起——

"我将是她看见的最后的意象。将是在洞穴中为她引路的那只豹子，保护她，永远不欺骗她。一百多个神灵系于动物，我告诉她。其中的一些系在豹子身上，这些引导你走去来世的生灵，便是我早先的鬼魂，在我们重逢之前的那些年里，陪伴你。"

□ 舒飞廉

会仙记·炼丹的故事

盘古开天辟地，这是中国神话的一个原点，天地人“三才”得以确立，从此宇宙洪荒，大地充盈，人孤单地，容与在东西南北之间。盘古由鸡卵之中醒转，举手投足，发力撑开天地，让时间与空间得以生成，好像就在数万年前的一个庄生晓梦迷蝴蝶的清晨，而以宇宙大爆炸的“科学”猜想，则是数以百亿年之前，在几分钟的时间里，由不可思议的空无的“奇点”里，诞生出了星汉灿烂的世界。

总之是，人出现了，他的身体，也许是经过了达尔文式的千万年的积淀、进化与突变，他的精神，也许是得到了“神启”，也许就是如同“盘古”这样，自然而然的醒来了，也许，他还被“女娲”这样的地母，吹入了“灵气”，谁知道呢？一种能够观察、思考、反省，通过符号记录这些观察反省与思考的类猿动物，他还有可怕的生命力，将这些符号付诸实践。

他们的实践活动在东亚展开时候，这里由亚热带的季风交替吹拂，四季分明，东边是一望无际的太平洋，向西是江河交错的平原，再向西是高原与山岭，最后是白雪皑皑的大雪山。数十年前的二战时期，美国人在这里开辟驼峰航线，以他们纵横四海的飞机，也多半都折翼在这些难以攀缘的绝堑里。

接下来的故事是夸父逐日、精卫填海、神农采药、嫦娥奔月、刑天舞干戚……这些被加到满血的英雄的传奇，汇聚了史前先民，以血肉之躯、短促一生，在山岭、湖泊、江河、原野之上的探索与努力，农耕的文明自北而南，自东而西地扩展，在与大海搏斗的过程里，人屡败屡战，通过草木的采撷与食用，战胜疾病已有可能。不死药！当运气与技术具备的时候，踏上宇宙的第一站——月亮，甚至长生不老，也有可能。而刑天的故事，也说明为了建立起人间的“体制”，部落之间，征伐频仍，鲜血流遍了大地。

记载先民的生命力的历程的重要典籍，有《山海经》与《易经》。

“大荒之中，有山名曰丰沮玉门，日月所入。有灵山，巫咸、巫即、巫盼、巫彭、巫姑、巫真、巫礼、巫抵、巫谢、巫罗十巫，从此升降，百药爰在。”这是夸父神农们以辛劳的脚板与神奇的想象，建立起来的一个世界，这个世界只是大荒之中的一张邮票，然而在这张邮票上，是无穷尽的莽莽山河，中间奇珍怪兽，人神杂居，炽热、旺盛、生生不息。以这个世界为出发点，到后来的《离骚》、《十洲记》、《二十四史》、《西游记》等汗牛充栋的文本，由人的亲身经历与人的神奇想象交替描绘的一个世界，越来越丰富地呈现出来，直至我们这些后人加入并生活其中。现在，我们面对的，不也是这个由山海经出发的假作真时真亦假的“东方世界”与西来的“科学”考证出来的“科学世界”互相拉扯的一个时空吗？

“天行健，君子自强不息。”这是记载在《周易》中的名言。如何面对一个日渐呈现出来的丰富的乌有之乡？由甲骨到金文，巫史们发明并掌握了文字，将他们的占卦与研究的经验，汇聚成《连山》、《归藏》、《周易》等文本。掌握这个世界，打开万物的奥秘的钥匙已经被找到，它就是“道”。道生一，一生二，二生三，三生万物！“道”终将解释并飞越山海经的世界，在大荒之中找到终极的意义，这个终极意义，就是长生不老，羽化成仙，超越天命于人的种种限定。

“仍羽人于丹丘兮，留不死之旧乡。”这是屈原《楚辞·远游》中的诗句。“死亡”成为问题，但是“道”亦有道，能够将之克服，无非是，我们要在丹丘之上，聚精会神地工作。由春秋战国以至秦汉，百家争鸣的头脑风暴、楚河汉界的邦国大战之外，另一场实验已经来临。在相信“仙人”与“不死之药”的帝王的支持下，一批方士在名山大川之中，建起了丹房，架起了丹灶，点亮了火。这些方士，有一些是当世很好的哲学家、科学家，也有一些，是当世很了不起的魔术师与骗子。

炼丹的圣经到东汉末年，由一个叫魏伯阳的家伙写出来，他的《周易参同契》，被认为是“万古丹经王”。参同契第八十五章有言：“大易情性，各如其度。黄老用究，较而可御。炉火之事，真有所据。三道由一，俱出径路。”周易的卦爻，黄帝老子的学说与冶炉的经验，就是所谓的三道合一，融于一炉。魏伯阳的参同契论证鼎器、药物、火候、采药、进火、退符等各个环节，由铅汞之中炼出的金丹，可“熏蒸达四肢，颜色悦泽好，发白更生黑，齿落出旧所，老翁复丁状，耆妪成姹女，改形免厄，号之曰真人。”

魏伯阳是炼丹术中的苏格拉底的话，他的柏拉图与亚里斯多德，分别是狐刚子与葛洪。

如果将炼丹大法纡尊降贵，等同于化学的话，稍晚于魏伯阳的狐刚子，可能是一位空前绝后的化学大师。《正统道藏》之中，收入的丹经《黄帝九鼎神丹经诀》共二十卷，其中六卷，却在介绍这一位前辈的理论与实践。这些实践，由金银矿的开采到金银粉的制作，到制出硫酸，到水银的制取，合金的制取，每一项，都是中世纪的不朽成就。他记载了“九转铅丹法”：

“铅十斤，铁杯中销铄令作青砂。置铁盆中，铁槌研腾，取黄汁，新瓦中暴取粉黄，和玄精汁（牛粪汁）为团，如鸡子，阴干，镣炉中销取铅精，铁杯中猛火还销铄一伏时，即为铅丹，如此九转为丹，名为九转铅丹。丹铅之道，虽法皆九转，按其用处，三种不同，若欲长生久视，羽化升天，当作雄铅，若欲辟召鬼神，化液作水，当用雌铅，若欲变化黄白，回换五金，当用神飞铅……”

在谈铅色变的时代，牛粪蛋蛋烧炼成的“龙虎大丹”已经沦为笑话了。可是作为试炼世界走出的第一步，当年狐刚子大师，在九曲回环里，看到的他的铁杯里，出现的赤橙黄绿蓝靛紫的变化，看到的水火相济，物质以液态与固态之间相互转化，而这些隐秘地回应着“龙”与“虎”，“阴”与“阳”的观念的物质，终被“降伏”与召唤，他的狂喜与激动，还可以由字里行间里读出来。当不可思议的奇迹诞生，以之来召鬼神，求仙道，也并不过份吧！

葛洪的师承，由狐刚子到三国的左思到葛玄，到郑隐，三位祖师爷，都是洞鼎道派赫赫有名的宗师，出没在《世说新语》所载的那个魏晋风流、名士辈出的时代。葛洪所著的《抱朴子》可谓一篇驳杂而丰富的“成仙指南”，对晋以前的炼丹成就作出总结，记载数十种药物，收录数十种丹法。他认为，通过不同的药物的锻炼与不同的丹法的取舍，可以做到的是，第一是改变人的身体，由

血肉之躯变成金玉之质:

“金丹之为物,烧之愈久,变化愈妙。黄金入火,百铄不消,埋之,毕天不朽,服此二物,铄入身体,故能令人不老不死。此盖假求于外物以自坚固,有如脂之养火而不可灭,铜青涂脚,入水不腐,此是借之劲以扞其肉也。”

这是物理的代替,他还相信化学的变化:

“夫变化之术,何所不为!盖人身本见,而有隐之之法,鬼神本隐,而有见之之方。能为之者,往往多焉。水火在天,而取之以诸燧。铅性白也,而赤之以为丹。丹性赤化,而白之而为铅,云雨霜雪,皆天地之气也,而以药作之,与真无异也。至于飞走之属,蠕动之类,禀形造化,既有定矣。及其倏忽而易旧体,改更而为异物者,千端百品,不可胜论。人之为物,贵性最灵,而男女易形,为鹤为石,为虎为猿,为沙为鼋,又不少焉。至于高山为渊,深谷为陵,此亦大物之变化也。”

矿物的神奇的变化,已经在丹房里被发现,宇宙的变形之道,也由精通周易的学者观察出来,这些,都在凡人与真人之间,架起了一道不容置疑的桥梁。这样由精致的日常经验里得出来的常识,与现在,诺贝尔的获奖者们由实验室里建立起来的理论,中间相隔的,却是一片大海。葛洪与他的师父们,弟子们,却是信心满满地撑起了他们由理论到实践,看上去都很美的小舟,来横渡这一片汪洋的大海……事实上,盘古开天辟地,将天与地,弄得太复杂了。生万物不难,由万物回到三,回到二,回到一,回到无,每一步,都将是血与泪。

“余考览养性之书,鸠集久视之方,曾所披涉篇卷,以千计矣,莫不皆以还丹金液为大要者。然则此二事,盖仙道之极也,服此而不仙,则古来无仙。”

在他对炼丹术的诚恳的信仰之外,葛洪还有知其不可为而为之的孔孟之徒的坚定与执著。这一份执著,是由多少失败的丹房之夜与失利的服食之祸里产生出来,也是可以想见的。

这三位炼丹大师之外,还有陶弘景、陈少微、孙思邈、沈知言这些名人,外丹之术,经六朝到唐代达到鼎盛,唐宣宗年间,据说四海烧丹的术士,已经有数千人,而在唐代梅彪所著的《石药尔雅》之中,载入的丹名有一百余种。加入丹炉中的药物,除前文提到的水银与铅,还有金银铜铁锡等金属与它们各自的氧化物、氯化物、硫化物等,其中最为后人诟病的是砒石——“生者为砒黄,炼者为砒霜”。砒霜与含铅与水银的物质,构成了“金丹”的核心,无论大师们如何的三转九转，去火败毒，都无法将这些千变万化、神鬼莫测的“金公”与“姹女”变得温良无害。

五石散可能是最有名的一种丹药了。服散与饮酒，这两项活动，打下了魏晋风骨的基础。何晏讲：“服五石散非惟治病，亦觉神明开朗。”这位何晏，就是《世说新语》里面讲的“何平叔美姿仪，面至白，魏明帝疑其传粉，正夏月，与热汤饼，既啖，大汗出，以朱衣自拭，色转皎然”的何尚书，他的亲身试范，说明五石散有美姿容的奇效，也令他在妻妾们的床帏间如鱼得水。虽然有“散发”的种种凶险，这一味春药，遂风行在名士之中，造出一堆短命的病态美男与狂放奇人。

就这样，炼丹的成效得到检验，上到王侯将相，次之士族名士，再次之商贾九流。以此成仙的家伙，除了载入一些炼丹秘籍里的例证，民间大概是少见的吧，因服丹而死亡的，倒是比比皆是。仅有唐一代，就有唐太宗贞观二十三年，服食方士那迩娑婆丹药而死，唐宪宗元和十五年，服食山人柳泌丹药而死，唐穆宗长庆四年服丹药死，唐武宗会昌六年吃丹药死，唐敬宗也亡于丹药。

当术士们将丹药敬献上来时，皇帝们固然满脑袋的“羽化成仙”、“夜御十女”，但他们并非不知道，面临的是“活着，还是死去”的问题。北齐文宣宗高洋得到了“九转金丹”：

“有张远游者，文宣时，令与诸术士合九转金丹。及成，帝置之玉匣云：‘我贪人间作乐，不能飞上天，待临死时取服。’”

高洋固然是耍了流氓，但大人先生们在吃药的，的确是意识到，可能会死，纵然如此，几百年来，炼丹家们孜孜不倦，服丹的家伙也甘之如饴，这是什么精神！葛洪说了：“服此不仙，则古来无仙。”华山就此一条路，死又何惜。

宽慰由铅、汞、砒霜组合而成的金丹毒丸的理由，除了何晏式的，姿容第一、美学至上的原则之外（现在还有美容的女子去取用含微量砒霜的化妆品），另外一个解释的法门就是尸解。《真诰》中载：

南人告云，得道去世，或显或隐。托体体迹，道之隐也。或有再酣琼精而叩棺，一服刀圭而尸烂。鹿皮公吞玉华而流虫出户，仇季子咽金液而臭闻百里。黄帝九鼎于荆山，尚有桥领之墓，季主服云散以潜升，犹头足异处。墨秋咽虹丹以投水，宁生服石脑而赴火。务光剪韭以入清冷之渊，柏成纳气而肠胃三腐……

“一粒灵丹吞入腹，始知我命不由天。”一颗丹药入体，将魂魄引进仙国，将皮囊留在世上，“尸解”成仙，的确是予那些中毒身亡的炼丹家的好出路。只是对人世间的留恋，到底是超过春药、姿容、尸解这些理由，唐宋之后，外丹术渐微，除了骗财骗色的黄白之术还偶有传闻，一些炼丹奇方进入医流之外，相信吞下金丹，就可以成仙飞升的勇士，已经很少见了。

几百年深山荒林之中外丹的实验，卷入的却是那些时代最有真知灼见与想象力的人，中国的知识分子，一些在庙堂里做官，还有一些，就在山林之中炼丹吧，炼丹与做官之间，也有隐秘的通道，这是陶弘景的“终南捷径”验证过的。他们将大地上的金木水火土，引入到丹炉之中，以自己的身体做为另外一个实验的容器，以了解宇宙的运行与身体的变化。

事实上，这些近乎偏执的实验，充满着“迷信”与“巫术”，却有着狂热的科学精神，与现在大地之下，那些大型的粒子对撞机旁边的科学家们并无不同。换一句话讲，如果诺贝尔在耶稣诞生之年，就设下诺贝尔奖，前面提到的，这些炉火边的先贤，可能都会列名其中吧。

而且诺贝尔以扬名的火药，也是炼丹活动之中的一个副产品。葛洪的发现，记载在《抱朴子·仙药》中，用硝石、玄胴肠（猪大肠）、松脂与雄黄合炼，就会发生爆炸，雄黄含有硫，而猪大肠与松脂加热后成为木炭，这个配方其实就是黑火药的配方。

以大地上的草木与金石，以阴阳之理炼就，然后摄入身体重回“盘古”的仙人之体，这一条道路走不通，还有其他的路吗？炼丹家们慢慢发现，“道”的根本，似乎并非金石与药物，而是“身体”本身，这个自远古传来的奇妙的血肉之躯，本身就是一个完美的“鼎器”，形于外，神于内，气息不停息地流转其中。与其求道于炉火熊熊的丹炉，不如求道于生生不息的“身体”。

“内丹学的转向”，除了外丹术的衰弱，“道”的研习由外而内的转变之外，另外一个更重要的因素，是佛法的传入。直指内心的精神修炼，可以达到圆觉的佛境，一些佛教徒的修行经验，已经说明，在人的身体之内，人的灵魂深处，藏下了多么可怕的力量，这样的力量，并不亚于鼎中之火。重回《周易》与《周易参同契》，由“鼎”向“心”的转向，其实与哲学里面，所谓的“语言学的转向”颇有可比性。

据说，现有文献里，最早的“内丹”的说法，来自南北朝佛教天台三祖慧思的《南岳思大禅师立誓愿文》:“我今入山苦修行,忏悔破戒障道重罪。今身及先身是罪悉忏悔。为护法故求长寿命,不愿生天及余趣。愿诸圣贤佐助我,得好芝草及神丹,疗治众病除饥渴,常得经行修诸禅。愿得深山寂静处,足神丹药修此愿。藉外丹力修内丹,欲安众生先自安,已身有缚能解他缚。”

在和尚的誓愿里,“禅”与“丹”已经如此融洽地交融到一起,由小乘趣向大乘的意愿,也非常的明显,《西游记》的主题,已经在其中若隐若现。

转变的关键,是隋代居处罗浮山的真人苏元朗,他重新解读了魏伯阳的《周易参同契》,《罗浮山志》记载:

“弟子从游者闻朱真人服芝得仙,竞论灵芝春青夏赤秋白冬黑,惟黄芝独产于崧,高远不可得。元朗笑曰:‘灵芝在汝八景中,盍向黄房求诸? 谚云:天地之先,无根灵草,一意制度,产成至宝,此之谓也。’乃著《旨道遍》示之,自此道徒始知内丹矣。又以《古文龙虎经》、《周易参同契》、《金碧潜通秘诀》三书文繁意隐,乃纂为《龙虎金液还丹通元论》,归神丹于心炼。”

其内丹理论,将六朝外丹学说里,已经反复试炼过的丹鼎理论引入进来,其分析,也不外炉鼎、神室、华池、砂汞、药物、火候等,只是,“神丹”移师“心炼”之后,被赋予了全新的含义。

之后,内丹学说继承吸收道家、神仙家、阴阳家、五行家、金丹术、儒家与佛教的内修思想,渐积成性命双修、还虚合道的生命哲学。身体的长生与飞升,也渐为精神的生命主体的合道与永恒所替换。

吕洞宾之所以声名显赫,与八仙组团,在唐以后,成为与观世音相呼应的第一系列中的偶像,其原因,就在于他与他的师父钟离权等人,奠立了内丹修行的体系。他们主张性命双修,所谓“炼精生真气,炼气合阳神,炼神合大道”,以心肾为阴阳,心液(水)与肾气(火)交媾抽坎填离变黄芽,配合五行(心肝脾肾肺),五气朝元。又认为“仙有五等,法有三乘”,所谓三乘法,小乘安乐延年,中乘长生不死,大乘超凡入圣。而修行者不同的修炼成就有五等:

“修持之人,始也不悟大道而欲速成,形如槁木,心若死灰,神识内守,一志不散。定中以出阴神,……故曰鬼仙。”

“修真之士,不悟大道。道中得一法,法中得一术,信心苦志,终生不移,五行之气,误交误合,形质且固,八邪之疫,不能为害,多安少病,乃曰人仙。”

“地仙者，天地之半，神仙之才。不悟大，止于中成之法。不可见功，唯长生住世，而不死于人间者也。”

“神仙者，以地仙厌居尘世，用功不已。关节相连，抽铅添汞，而金精炼顶，玉液还丹炼形成气，而五气朝元。三阳聚顶，功满忘形，胎仙自化，阴尽纯阳，身外有身，脱质升仙，超凡入圣，谢绝尘俗，以返三山，乃曰神仙。”

“神仙厌居三岛，而传道人间。道上有功，而人间有行，功行满足，受天书以返洞天，是曰天仙。”

吕洞宾之后，内丹术的巨子还有陈抟、张伯端、白玉蟾、刘永年、王重阳、邱处机、孙不二、李道纯、张三丰、陆西星、伍守阳、闵一得、李西月、黄裳等人，痛读过金庸小说与近来修真小说的读者，对这链条上的这些炼丹家，会有了解。

北宋初年的陈抟将他的《无极图》画到华山的石壁上，该图描绘出了“炼精化气”、“炼气化神”、“炼神还虚”、“复归无极”的过程，作为内丹的基本修行范式。这十六个字，恐怕比《射雕英雄传》里的九阴真经还要来得有用，而金庸将华山列入论剑第一地，恐怕也是出于他对全真教、内丹学说的深入了解。

北宋的张伯端，他所著的《悟真篇》，后来与魏伯阳的《周易参同契》一道，成为全真派的圣经。他融合佛道儒，以心性之学统合三教，认为“教虽三分，道仍归一”。《西游记》的作者对这位紫阳真人情有独钟，不仅在第七十一回，让他以送棕衣的紫云仙出场，《西游记》里，更是引用了十数处《悟真篇》中的诗句。如三十六回中悟空的对月诗：

前弦之后后弦前，药味平平气象全。

采得归来炉里炼，志心功果即西天。

两宋间的刘永年，开创了男女双修的一系，与房中术的闭精采气不同，双修派的双修，是通过神气交感，取铅汞于对方。

全真教在北方兴起，王重阳带着他号称全真七子的弟子们组成教团，结成宫观，在围垣之中苦修，实则是兴起了群众性的内丹活动。《射雕英雄传》中的北斗七星阵，能够将一个门派的门人都能组织起来，也是受此启发吧。的确如这本小说里所说，王重阳最重要的传人，是邱处机，他不仅继承发扬了全真教主的事业，在内丹修行方面，也有建树，他回应了别人对“长生不老”的指责：“吾宗所以不言长生者，非不长生，超之也。此无上大道，非区区延年小术也。”其实肉体的长生，是没有意义的。

孙不二是另外一位全真七子，她可能值得引起女性主义者们的注意。历来内外丹的修行，修行的人与服用的隐含的对象，都是男人。在炼丹的大路上，女人何为？她的办法，是将男子的"炼精化气"，置换成女子的"炼血化气"，达到斩赤龙，化白凤的地步，也就可以跟上男子内丹的步伐了。

张三丰也是被近世武侠小说，屡屡打扰的一位术士。由李西月整理的《张三丰全集》，是一本通俗浅显的指南，太极拳是不是他的发明，尚有争议，但化繁为简，却是三丰道长的长处，所以金庸武当山顶松柏长一节，讲张三丰的传道，也是切合实际的。

而最重要的一本内丹学的著作，却不是出自以上大师的心血论著，而是一本世人皆知的小说：《西游记》。在胡适与鲁迅力证《西游记》的作者为江苏淮安吴承恩之前，此书一直挂在邱处机的名头之下，被认为是《西游证道书》，这个道，就是全真道的"道"，是修炼"内丹"的道。作为一本小说，特别是合乎于西方意义上，叙事，消遣，给一般意义上的市民阅读的小说，将《西游记》当作神魔小说、儿童小说、谐趣小说、讽刺小说，都没有太多的问题，在以上列举的每一种类型里，它都是一流的作品。

但是所以的这些一流的评点加起来，都不能逾越，它是一部由全真道修为高妙的道士或者居士，撰写修订的一部证道书。学者李安纲将《西游记》称之为"文化小说"，善哉斯言，但也有，将之与世界上其他小说比拟之嫌，事实上，《西游记》就是一本证道书，它的作者，即使不是邱处机，也一定是邱处机的徒子徒孙的作品，古人并没有执著的版权的洁癖，太极拳的发明人，是不是张三丰，黑火药的发明人是不是葛洪，这些有什么关系……邱处机说：此无上大道，非区区延年小术也。延年益寿也不过是小术，著作权真算不上什么。

现在已经可以分析出来，孙悟空作为"心"，内丹之核，他自大闹天宫之后，由太上老君的"鼎器"里跳出来，由外丹走上了内丹的修炼之路，就是唐僧取经小组的"西行取经"之路。唐僧、孙悟空、猪八戒、沙僧、白龙马五位，对应着五行，人体的五个部位，唐僧是肾，主水，悟空是心，主火，八戒是肝，主木，沙僧是脾，主土，白龙马是肺，主金。取经小组象征的，正好是一个正在修行中的"自我"，经历的八十一难，据李安纲的考证，来自宋代石杏林的《还源篇》与全真教尹志平的弟子所撰《性命双修万神圭旨》，正是药物——孙行者的一口气，在鼎器之中性命双修时，经历的种种火候，结出的种种业果。

《西游记》是三教合流,汇入内丹学,形成的完美的果实。它的无名作者(我也不太同意《西游记》的作者是吴承恩的说法)创造性地完成了王重阳、张三丰、李西月等人的心愿,将神秘莫测的内丹术普及给大众。

二十世纪前后,西方的科学与民主观念席卷而来,盘古开辟的时空,在被佛陀的手掌伏压过之后,又被机器的轰鸣震撼。整理过外部世界的外丹术也罢,深入过心灵的内丹术也吧,五四之后,皆成浮云。《周易参同契》也好,《悟真篇》也好,那些藏在《道藏》中的炼丹《圣经》都成了满纸荒唐言。但是《西游记》,留传了下来。感谢全真教的无名老道。中国的孩子,还在每年的暑假看电视剧《西游记》,每当新的文化思潮出现的时候,作家们总会借《西游记》的同人去还魂,《西游补》、《悟空传》、《大话西游》,都是这么来的。

正是因为有这样一本内丹学的指南,事实上,炼丹的故事并没有结束,每一个人,都可以凭借这本书,走上证佛伐魔、性命双修的生命历程。正如张伯端《悟真篇》所言:

赫赫金丹一日成,古仙垂语实堪听。

若言九载三年者,总是推延款日程!

本文参考以下书目(很多地方,其实是编写):

沈文华:《内丹生命哲学研究》,东方出版社,2006 年。

容志毅:《中国炼丹术考略》,上海三联书店,1998 年。

张广保:《金元全真道内丹心性学》,生活 · 读书 · 新知三联书店,1995 年。

詹石窗:《道教文化十五讲》,北京大学出版社,2009 年。

李安纲:《李安纲批评西游记》,中国社会出版社,中国社会科学出版社,2004 年。

2011.7.3

专　栏

□ 剑　男

现代诗歌鉴赏的三个关键词

首先申明一下，我这里所说的现代诗是指用现代汉语写作的诗歌以及用现代汉语翻译过来的外国诗歌。

我曾在一篇文章中写道："诗人的写作在某种程度上都是一种对意义的寻找，这种意义无论是精神上的，还是肉体的；无论是自然的，还是宗教的；历史的，还是当下的；它们都必须通过词语的幻觉来解释其中的奥秘。因此，诗歌在某种方式上和哲学有共同之处：——二者都是关注人类这个世界千丝万缕的联系，只不过哲学依赖的是逻辑，诗歌更多的是一种直觉。"

除传统的我们中学语文教学都已非常熟练的，对诗歌诸如意象、意境分析，抒情哲理成分分析等外，对于现代诗歌的鉴赏我觉得我们不妨还重点关注这样三个词：意义、词语、直觉。

我之所以把意义放在第一位，并没有主题先行的意思，而是希望对我们以前过于纠结于诗歌的主题思想进行纠偏，也就是说诗歌不是去迎合某种东西，不是或者说不仅仅是去反映通常人们所说的诸如时代主旋律、主流意识形态和道德律令之类的主流价值。与此相反，诗歌更多的应该是诗人的一种自我指认。很多时候，它可能只是我们内心情感世界的一个隐秘的呈现，也可能只是我们与这个世界千丝万缕联系中一个短暂的、难以捕捉的瞬间，但它与个人密切相关。我觉得这个意义首先应该是诗人灵魂的一个映像，然后再由此来折射我们的时代和现实。《士兵突击》中许三多说：活着有什么意义？活着本身就是意义。他强调活着的意义就在于生命状态的呈现。诗歌也是如此。它的意义就是诗人灵魂的一个呈现。

最能说明问题的例子是徐志摩的诗歌《再别康桥》。这首诗歌在2002年左右被选入中学语文课本，进入中学语文课本后，我们的语文教师和中学生面对它都显得手足无措。这和贺敬之的《回延安》不同啊，和舒婷的《致橡树》也不同啊，主题令人捉摸不定。他们主观、武断地认为，进入中学语文教材的诗歌一定有着审美的、道德上的积极意义，于是大家不约而同地在一幅幅流动画面构成的幽美意境中去极力发掘它的重要意义。在逐行逐字进行淘洗之后，它们抓住了“彩虹似的梦”。这是个怎样色彩斑斓的梦呢？他们一致认为这个沉淀的梦是诗人曾经的理想。——好像这也说得通，诗人当初赴英国求学肯定是怀着某种理想去的。

但实际上这种过度的阐释有犯经验主义错误的嫌疑。我们过于关注诗歌形而上的意义而忽视了诗人的情感世界。这首诗歌写于1928年11月。1928年对徐志摩来说有什么特别的呢？那就是这一年的3月，徐志摩深恋的林徽因和梁思成结婚了。徐林恋是众所皆知的事实，且他们最初的恋情就发生在剑桥。徐志摩所恋的女子嫁作他人妇，旧地重游，感慨万千之余，诗人的这份情感又能向何人诉说呢，所以他只能悄悄的来，悄悄的走，把这份情感当作一个虚幻的彩虹似的梦沉淀在内心深处。把握了这一点，再结合诗歌轻柔的语言、舒缓的节奏以及那一幅幅流动的画面所展示的优美意境来赏析，我们就不难发现，诗歌就是由此来纪念过去的一段美好的情感，无论是说它展示一种凄楚的离愁也好，还是表现了诗人的优雅也罢，每位读者结合自己的生活阅历和情感经验对它进行的赏析都是对诗歌的一种丰富。

我把意义放在第一位的第二个原因则很简单：——那就是一首诗歌必须呈现出它的意义，只有这样，诗歌所有的实验创新和技艺才能得以体现。——当然，这种意义不是指那种高蹈的、虚空的道德或教谕，它们应如我前面所说，它首先应该是诗人灵魂的一个映像，诗歌应该拒绝那种浅表的、平面的所谓意义。

比如诗人汪国真的《热爱生命》。这首诗歌也入选了地方语文教材。

我不去想是否成功
既然选择远方
便只顾风雨兼程

我不去想能否赢得爱情
既然衷情于玫瑰
就勇敢地吐露真诚

我不去想身后会不会袭来寒风冷雨
既然目标是地平线
留给世界的只能是背影

我不去想未来是平地还是泥泞
只要热爱生命
一切,都在意料之中

从上个世纪90年代始,我们很多读者和评论家都在哀叹,当代诗歌越来越远离大众,但我们都忽略了这样一个事实:即在当下各种诗歌写作并存的混乱局面下,有多少人真正静下心来进入过诗歌。对诗歌认知的肤浅、浮泛不仅来自大众,实际上也来自我们的意识形态领域,汪国真这首诗歌的流行和入选语文教材就是一个明证。

这首诗歌语言的陈旧暂且搁置一边,我们不妨先看看它呈现的意义:缺乏真正生命体验的那些似是而非的道理。诗歌共四节,诗歌的第一、二、三节是对人生追求的一个实指,第四节实际上是进一步抒发情感也好,还是深化主题也罢,由于诗歌第一、二、三节意义指向的含糊不清,它们的抒情或者说深化都是矫情的,甚至是虚伪的。我这里只分析其第一二节,"我不去想是否成功/既然选择了远方/便只顾风雨兼程"。"不去想是否成功",那么远方的选择就缺乏一种正确的姿态,只顾风雨兼程就不可避免地带有盲目性。我们假设一条长江中游的鱼从武汉向上,它游过三峡,游过那么多的激流、险难,最后一直到达长江的上游青海,最后就像一件艺术品被冰冻在冬天的冰层中,我们是不是应该赞美它惊人的意志和毅力？显然，这种不去想成功而只顾风雨兼程是这条鱼遭遇死亡的必然结局，而这种必然结局的原因就是因为它没有选择一个相反的方向。同样的分析也适合第二节，如果不去想赢得爱情，那么真情的吐露也同样显得盲目，你让贾府的焦大去向林黛玉吐露真诚试试。

汪国真诗歌流行的时候，我说汪国真这样的诗歌流行是可怕的，他将剥夺一代人的思考，造成诗歌阅读的惰性。因为汪国真诗歌读者大多数是中学生和大学低年级学生，因为他诗歌中有太多的人生教义，似是而非的人生道理，当我们的中学生、低年级大学生在人生道路上遭遇挫折，思想上出现迷惘，情感上碰到困惑，汪国真的诗歌似乎马上可以像黑暗河面上的一盏航灯，为你指明方向，照亮航程。而实际上，人生哪有那么多正确的道理，我们很多时候都被一些所谓正确的道理给耽搁了。比如“贫穷就是财富”，“失败是成功之母”，那都是宽慰人心的话。贫穷对人的磨练可能对某些人来说会成为财富，但对大多数人而言就是一个沉重的负担，失败不是成功之母，只有对失败的总结才会对下一次的成功有帮助。对于青年学生而言，我们需要的是那种真正能够震撼心灵，促使我们思索、追问或者激发我们美好情感的诗歌。

第二个关键词是词语。在这里我们也可把词语置换成语言，——这个是诗歌中最难把握的。我们一般所说的自然语言是凌驾于客体事物之上的、一种约定俗成的、被普遍认可的规范系统，它不仅是对具体事物的命名，而且对事物之间的关系包括人与事物之间的关系进行命名和确认，是赋予意义的方式，每一个词语都有其确定的所指和概念。而对于诗歌语言而言，它和我们所说的自然语言肯定是有区别的，它的逻辑句法本性虽然存在，但通过词语组合的形式，往往要把自然语言规定了的意义空间进行扩充。也就是说诗歌的语言是反对日常语言的陈词滥调的，反对约定俗成的语言方式的。——因为自然语言的公共性，它能使某种真实、美好而隐秘的东西显得苍白、无力、缺乏意味。我们说一个优秀诗人的写作就是把自己的写作和他人的写作区分开来，这种区分除了个人对万事万物的认知、感受不同之外，一个最重要的特点就是语言。可以说，诗歌除了分行以外，语言是诗歌最重要的形式特征。它的重要性丝毫不亚于诗歌的意义。“葡萄美酒夜光杯”，如果是“葡萄美酒大土碗”，这种形式上的美感就要大打折扣了。金庸武侠小说中的祖秋千，说什么样的酒应该用什么样的器皿，才能喝出这种酒的至美之味，这其实和诗歌中内容

（意义）与形式（语言）关系是相同的。并不是所有的文学艺术都是内容大于形式，中国古代文化中，就有接近纯形式的艺术，比如书法，怀素、张旭的草书，我们可能一个字也认不出，但我们能从它笔墨流动的气韵中感受到一种强烈的美。不仅如此，在人生当中，我们也有过这样深深的认同。比如我们看电视，一个漂亮的女人当了特务她依然漂亮，一个英俊的男人当了汉奸就特别让人恶心，认为一个女人的外表美大过她的内心。

爱默生说过，诗人是命名者，是语言创造者。其实，命名也是一种语言的再创造。在谈论诗歌语言，可能对一个诗人的整体创作进行分析更能看出其语言的魅力。比如海子，在命名和创造这个意义上，他确实是无愧于一个优秀诗人称号的，他重新命名了麦子或者说在诗歌意义上直接命名了麦子这一词语，并将它延伸到麦地、村庄、马匹、粮仓、河流、树木等意象系统，几乎涵盖了整个中国农业社会，并在此基础上建立了别于前人和同时代诗人的独特语言方式，——整体来看肯定更能彰显出海子诗歌的语言创造性价值。但具体到单首诗歌，怎样鉴赏它的语言却一直是我们中学语文诗歌教学中的一个难点。我看到很多中学语文教师都在简洁、凝练、准确、优美四个方面谈论现代诗歌的语言，这对古典诗歌而言大致是不错的，但这种概念化的分析对现代诗歌来说显然是有问题的。简洁是种美，但有时候语言的繁复也是一种美；有的诗歌语言用的是宣泄的长句并不见得简练；有的语言反而在模糊中展开更广阔的意义空间；甚至有的诗歌对传统进行颠覆，语言很粗俗。因此对于诗歌的语言分析不能一概而论，要看具体诗歌中，它通过词语的组合所获得的表现力。

这里以语文教材美国黑人诗人休斯《黑人谈河流》为例：

我熟悉河流
我梦想世界一样的古老的河流。
比奔腾在人类血管里的血液更古老的河流。
我的灵魂已变得似河流般深邃。

我沐浴在幼发拉底河中，在晨光微明的时分
我把小屋盖在刚果河畔，潺潺的水声，诱我进入梦乡。
我观赏尼罗河，在河边建立金字塔。

我听见密西西比河的歌唱，当埃布尔·林肯顺流之下
新奥尔良，我看见
它浑浊的胸膛在夕阳中闪着金光。

我爱河流，
古老苍茫的河流，
我的灵魂已变得似河流般深邃。

这首诗歌肯定不能用简洁、凝练这样的词语来评价。实际上这首诗歌语言特点是它沉郁舒缓像河流的流淌一样。它的语言特点与它要表达或者说描绘的河流有一种高度的契合，我们的中学语文资料在分析这首诗的语言特点时，都从语言结构——即长短句的运用入手，谈长短句怎样互相交错、参差起伏，基本上都是表面的泛泛而谈，而没有人分析作者是用怎样的语言建构这条沉郁舒缓的河流的。

这首诗歌语言的沉郁表现在什么地方？沉郁在它深沉浑厚。只要我们细加体会，诗歌中的一些词语就可以领悟：第一节中，我熟悉的河流像世界一样古老，比血管里的血液更古老，灵魂像河流一样深邃，从古老的世界到生命中的血液，就是把人类历史与个人生命的深深结合。这个语言的建构就是深沉浑厚的。

第二节，诗人把我置身于那些见证了人类历史与文明的河流，说他浑浊的胸膛在夕阳中闪着金光，这其实就是讲黑人的历史。浑浊其实包含着屈辱痛苦的血泪，金光则表达了黑人伟大的创造力，这种语言的构建也是深沉浑厚的。

语言的舒缓则可能要好理解一点。第一节前三句的结尾都是河流，语句逐渐由短变长，这是一种舒缓，当然这种舒缓带来的是诗句的越来越凝重。第二节语言的舒缓，同样也可通过语言的分析来获得，在晨光微明时分沐浴，枕着潺潺水声进入梦乡观赏，听歌声，看河流在夕阳中闪着金光——这些均说明诗歌是舒缓而不是急切的。第三节是对第一节的一个照应，其语言的沉郁与舒缓我们也可以通过分析而获得。

诗歌正是在这种沉郁舒缓的语言中，展示出黑人对自己种族的自豪感。

黑人种族见证了人类发展的历史，黑人的灵魂里容纳着古老的人类文明和深厚的历史积淀。我对河流的追溯就是对历史自身的追溯，就是对祖先和故土的深深认同并为之骄傲。

余光中的《乡愁》好像没什么特别的，为什么这么容易被人记住？是因为这首诗借邮票、船票、坟墓、海峡这些具体的实物，把抽象的乡愁具体化了，变成具体可感的东西，表达作者渴望与亲人团聚，渴望祖国统一的强烈愿望吗？这好像也不错，乡愁具体化也似乎抓到点子上，但对于结论，我觉得是很滑稽的，这种机械的表现论和反映论是最害人的，前苏联那儿学来的一套，已经残害我们语文教学几十年了。比如学古代描写山川景物的诗，每首诗老师都说通过对什么什么的描写，表达了作者对祖国大好河山的热爱，上小学时老师这样讲，上中学老师这样讲，上大学老师还这样讲，东西没学到，倒把我们的惰性都激活了。因为有模式嘛，只需要套用，不需要动脑筋。我们都不愿去探究活生生的语言。对于余光中这首诗，我们只要细细品味它的语言，就会发现其实是它呈现的这样四个场景击中了我们心中最柔软的地方：幼小离家，新婚离别，生死两隔，故土难回。而这四个场景贯穿了人生一些最艰难的时刻。

第三个关键词是直觉，直觉为什么重要？因为它在诗歌写作和诗歌鉴赏中都显得非常重要。我们都熟悉了一个概念是：直觉是指在对客观事物的感受上，不通过抽象思维程序而洞悉客观现象，直接把握它的本质，这概念有个陷阱，那就是很多人认为直觉没有理性参与，其实这个观点是错误的，我们从直觉概念中洞悉和把握两个词就可以看出，它实际上也是一种理性活动，只不过直觉的产生往往需要个人长期丰厚的积淀。只有通过对各种事物包括诗歌长期丰富的感知积淀，才能透过现象把握它的本质，苏珊·朗格对直觉也有过一个描述，他说："所谓直觉就是一项基本的理性活动，它包括对诸种形式特征、关系、意味、抽象形式和具体实例的洞察和认识。"也就是说直觉过程中，感知、情感、观察、分析、思维和理解都贯穿其中，它对诗歌创作和诗歌鉴赏来说都是一个复杂的心理过程。对于我们的诗歌鉴赏来说，我们需要的是经过阅读和其他诸如生活阅历情感经历等的积淀而形成的对文本的直觉能力，不唯书本，不唯权威，要相信自己对文本的直观感受。比如郭沫若的《天上的街市》，它描绘了一种美好的自由理想的生活，寄予了作者对美好生活的向往。——在我们老师没有具体讲述之前，很多学生都能凭直觉比较准确地把握这首诗，但是老师按照教学要求讲述之后，学生们都糊涂了，面对自己的理解能力产生了深深的怀疑。老师说，郭沫若这首诗通过对天上街市理想生活的描述表达了对黑暗现实的不满，反映了第二次革命失败以后作者苦闷彷徨的心情。学生说啊啊，原来这首诗歌这么深刻，原来我们的认识是这样肤浅。老师就这样深深地把学生的直觉能力给扼杀了，反过来学生对诗歌就产生了一种畏惧心理。

朱光潜先生说过，读一首诗和作一首诗都常常经过艰辛的思索，思索之后一旦豁然贯通，全诗的境界于是像灵光一现似的突现在眼前，使人心旷神怡，忘怀一切，这种现象就是直觉，也就是禅家所谓的悟。其实在很多时候，直觉往往是最能准确地把握诗歌的意义的。当然这种直觉需要我们对诗歌有一定的阅读及生活情感积累。

我们不妨看入选中学语文教材的，饱受争议的海子的诗歌《面朝大海，春暖花开》。

从明天起，做一个幸福的人
喂马劈柴，周游世界
从明天起，关心蔬菜和粮食
我有一所房子，面朝大海，春暖花开

从明天起，和每一个亲人通信
告诉他们我的幸福
那幸福的闪电告诉我的
我将告诉每一个人

给每一条河流每一座山取一个温暖的名字
陌生人，我也为你祝福
愿你有一个灿烂的前程
愿你有情人终成眷属
愿你在尘世获得幸福
我只愿面朝大海，春暖花开

我曾听一位中学老师讲过这首诗，他说这首诗表达了海子对尘世幸福生活的向往，他还说，海子写完这首诗后两个月就在山海关卧轨自杀了。一个诗人在两个月前，用一首诗表达了对尘世幸福生活的向往，两个月后却选择卧枕这样一种方式结束了自己的生命，这多少有点令人怀疑。

我丝毫不怀疑中学语文教材编写人员的水平，但在海子这首诗的解读上是有问题的。问题在哪儿？问题就在于我们的阅读理解体验，这种阅读理解经验是什么？那就是我们多年的阅读体验告诉我们，进入中学语文课文的作品都应该是积极，健康，向上的。假设我们是第一次读到这首诗歌，也认为是表达了海子对尘世幸福生活的向往吗？我曾在一些老师和诗人中作了一个小范围的调查，有很多人都说这首诗歌真的很美，面朝大海春暖花开可能是每个人心中的一个梦想，就像桃花源。桃花源是个什么地方，就是和世俗生活相对立的一个理想国。可见，它并不是表达对尘世幸福生活的向往。同时，我们也可以依赖自己的直觉进行阅读——诗歌在很多时候是借助感性的东西表达理性的思考，这首诗中，我们首先感知的东西，即客观对象是什么？是大海，大海是一个什么样的意象呢？大海是自由，是包容，是归宿，大海的背后是什么？是尘世，是尘世中生活的人们，单从大海这个意象而言，海子就是背对尘世生活的。从诗歌语言传达出来的信息也可指证这一点，开始海子还希望在尘世找到一个世外桃源，过着简单、自由的，没有复杂人际关系的生活，但接着他又马上否定掉了，认为那幸福如闪电——是转瞬即逝，虚无缥缈的，给河流山川重新命名，其实是对日常司空见惯的事物进行重新审视，这种审视结果是什么呢？——是那灿烂的前程，及有情人终成眷属的尘世幸福生活都不是他想要的，他只愿独自一人，看海市蜃楼上的春暖花开。愿你们——我只愿，这实际上是一个二元对立的结构，它和我不愿——我只愿是同构的。如果我们对诗歌阅读有较丰厚的积淀的话，除了把大海作为一种归宿，我们还可以把他看做是一个充满自由的、纯洁的精神世界。海子就是通过对这种形而下的，感性的尘世幸福生活的描绘来表达自己对洁净的精神世界的向往，无论是想象中的、还是现实中的尘世幸福，海子都不在其中，他渴望的是生活在诗歌理想中，过一种充满诗意的生活。比如海子在昌平喝酒时受到羞辱，现实中哪有不受物质羁绊的、单纯的精神生活和诗歌王国呢？无疑这首诗歌表达的是海子对洁净精神世界的向往。

可见诗歌鉴赏是离不开直觉的，而这种直觉正像苏珊·朗格所说，它包含着对诸种形式特征、关系、意味、抽象形式和具体实例的洞察和认识，并且其中潜藏着读者各种长期丰富的阅读积淀，这种积淀也不玄奥，它往往和我们的阅读经验，个人生活阅历及情感体验密切相关，也就是诗歌要通过词语的表达，或者说语言来唤起我们相似的生活经验，情感经验，或者说思想认识上的共鸣。

对　话

刘洁岷—— 在不理想的时代书写理想的诗篇

□ 刘洁岷

在不理想的时代书写理想的诗篇

——答第五届“珠江国际诗歌节”采访问卷

1. 诗歌这种形式在多媒体的包围海洋中，还有继续存在下去的理由吗？它有没有这样一个核心：无论未来多媒体有多么丰富、生动，却始终不能取代诗歌的（诗歌这种形式因为这个核心而永恒）？它是什么？

答：可以从诗歌的发生来看这个问题。诗歌是在表达我们内心已有的，也是在表达我们内心没有的，这其间的张力与梦境相似，但梦只是一些投射性的破碎的意识显现，而诗歌才秉有艺术的内质与形式感，好的诗经得起反复阅读欣赏，这与其他的艺术门类是一致的。而“丰富、生动”的“多媒体”中，非艺术的内容是难以在艺术的向度上沉淀下来并代替诗歌的。

也好比新的美术形式层出不穷，而架上绘画仍然葆有极大的活力一样。虽然杜尚以来，有了现成品艺术，抽象画也已可以是采用机械制图的方法完成；达盖尔的银版摄影法在那之前就被发明出来——拍摄一张照片需要20至30分钟的曝光那也比传统绘画快多了，但莫罗·大卫、冷军等的极端写实绘画还是活力四射，取得了令人信服的成就。

诗意早于语言，语言没有诞生时，诗意在；诗歌同步于语言，语言在，诗在。

诗歌是对语言世界的发现或重新发明,既不是在模仿实在之物也不是为了表现梦幻遐想,而是一种旨在揭示内心生活和语言内在奥秘的艺术。诗歌是绝对的,它集中而空缺地体现出人类坚定地穿越苦难与历史事实的意志。

2. 你认为诗歌生命的关键是什么?是语言、对生命的思考,还是一种更神秘的能量源?最优秀的诗歌通常诞生于最极端的生存打击或不太顺畅的个人命运中,跟这种能量源是什么关系?你能说清楚这种能量源是什么吗?

答:个人不过是个短暂而偶然的生命体,人类的悲剧意识与生俱来,死亡在锻造着时间,生存打击与个人命运是不请自来的客人。个人创造力中,生命力被抑制时有可能导致诗情勃发,但这应当是无意为之、不可遇求的。而我们也看到,绝大多数人"最极端的生存打击"、"不太顺畅"下是碌碌无为或一无所获,命运的造化说不清楚——诗歌写作的冲动在何种情况下会消失?诗歌写作的能力为什么会在一个曾经优秀的诗人那里突然消失?这也是我一直有疑问的。

3. 有句话是"痛苦出诗人",你认同吗?在美国诗人史蒂文斯和中国海子这两种貌似不同的命运中(前者是保险公司总裁,后者卧轨),都诞生已被世人承认的伟大诗人和作品,在这种不同中是否有什么是一致的?诗歌是否由这种同一宿命所带来的,它是什么?

答:诗人的痛苦是无须召唤的,与诗歌歌咏性的欢乐品质相对——正如心智健全的人也会知道人生的缺憾与悲哀——但在世俗生活中诗人也完全可以貌似一个喜洋洋的家伙。"伟大"是一个在当代汉语中用滥、用疲沓了的词,导致用"伟大"来修饰形容诗人仿佛是对诗人的贬低、辱没。

"卧轨"与"总裁"与他们的诗歌的对应没有必然关系,在学理上皆属"孤证",应该说,诗人写出杰作,可以超越他的职业、性别、年龄、身份,无论如何都可以。

史蒂文斯的特异之处在于他在做保险公司副总裁的同时还在进行孜孜不倦的有效写作,而我们这儿但凡在职业阶级上有所斩获的多半写诗就无法进行下去了，或者是丧失创造力或者是停笔——作为诗人已经在精神事实上寿终正寝。

我估摸，诗人的心灵里有一个“含矿”区，生命与命运的波涛以变幻无穷的方式淘洗出其中的金子——也许有时也会动用安非它命与吗啡的混合剂。

4. 你认为的“意象”（诗论中常用词）是什么？你所理解的理想中的“口语诗”应该是怎么样的？你如何评价当代诗坛中的一些“口语诗人”，比如赵丽华、杨黎、伊沙、沈浩波等（可自行举例）。你觉得如果真有“口语诗”这种潮流，它的目标应该是什么？

答：意象是被“诗化”了的词语，带有较鲜明的象征性。诗歌的非意象化是力图去除已经附着在一些词语上的某些积垢似的象征含义，用还原或陌生化等手段，令其焕发生机。但作为一首好诗，它的句子或整体终究会出现一种象征性的意味的。作为艺术效果的象征性，是诗歌的本质特征之所在。

我们可以把口语诗这个界定比照在新诗创立初期的白话诗，那是针对古典诗歌而言的。那时候写新诗用白话，相比于文言和当时文白夹杂文章，更接近于当时的日常会话语言，而外国诗直接翻译过来就是白话，胡适时期的命名是有它的针对性的。但后来，“白话”这个词在当代汉语语言里面不用了。我们用“口语”这个词，那么和口语相对的是什么呢？知识分子吗？绝对不是。实际上口语的反面是书面语。我们所有的人，应该说新诗发生以来的诗歌写作者都是用书面语来写作的。比如说“我在桥上看风景……”（卞之琳），“……那是什么事来着？/是去减轻人间的痛苦”（艾伦·金斯伯格）、“为什么我的眼里常含着泪水……”（艾青），“……胸前的扣子小巧而细致/带着沉默和心跳”（水丢丢），这都是一句句的口语，或者说里面加了书面语的词汇，但是都还算是书面语，因为口语是嘴里讲的。除了记录日常会话，书面的口语是不存在的。我们不能说什么是口语，什么不是口语，不能说你自己和你的朋友是口语诗人，其他人就不是口语诗人只能当书面语诗人。

实际上“口语诗人”也只是一部分地采用了口语的元素，是准口语。比如说我们在诗中模拟叙述，但不是真正的叙述或叙事——以讲清楚事情的来龙去脉为目的——我们诗歌中具有的是模拟的叙述，是企图在一种叙述的语调中找到那些细节、情节与超出事情本身的某种服务于“诗意”的效果。还有其他的，我们在诗中还可以模拟法律的语言、科学化的语言，在具体需要的情形下各种领域的语言都可以用在诗歌里面。

如果被允许，或不得不约定俗成，我们是否将“口语诗”这个整体称谓奉送给一种风格流派化写作的部分诗人？在有了“第三代诗潮”之后又怎么得来的这个叠床架屋的命名？好吧，我们姑且把另一大部分菜系的菜搁置在菜谱的主食单元。即便如此，我觉得对上述例举的名单最终还是得个案对待，因为萝卜是萝卜五花肉是五花肉，不会因为都有点“白”我们的牙齿舌头就会晕菜。就我个人的写作趣味来说，我根本不会因为我喜欢吃红烧肉就要求猪全身都必须长成五花肉，那样我的胃内容物，甚至胆汁、肠液会通过食道返流到口腔的。

5. 说说你的诗歌写作生涯中最重要的影响来自谁、是什么？你怎么看待网络对诗歌的作用？当语言和风格在一种快速网络通道中被接力，它会发生什么样的变化、有什么特点？

答：古往今来的诗人都是我的老师，那些杰出的诗篇甚至模仿杰作的诗作都是我的教材。网络对诗歌传播是颠覆性的，即便泥沙俱下也是有积极的、激发活力的意义。网络时期前的诗歌传播被牢固地掌握在多为气息腐朽的官刊编辑手中，一个个有才华的初学者憋屈在纸质媒体前，那时民刊是必然的选择。有网络以后，官刊摇身一变，多成为无艺术门槛无良知操守的利益封地，极少数的也因传播的分散无序而心有余而力不足，这时网刊民刊又成为必然的选择——何况在当下，官刊有众多艺术非艺术的敏感地带，那些声言可以取消民刊网刊的人应当睁开天眼瞧瞧，是不是你自己的写作太光滑太驯服了，如入无人之境？是否有“绿坝”已经暗装在你的内心？

新诗是一种先锋艺术，创新性是一个重要维度，一首诗的方方面面都有“首创”的指标。“风格接力”是有网络传播诗歌以来的一个显著现象，有少数人——也许不是最佼佼者——在其中会“一将功成”，大多数则难以逃避被充作粉丝的命运，当然，将写诗当“发泄”“涂鸦”的网友另说。

6. 你尝试过网络的即兴写作吗（在线敲字、直接发帖、允许修改）？你对此有什么观感？诗歌写作强调“灵感”，这和我们传统教育中写作强调主题有矛盾吗？它们是如何互动的，而你是如何化解的？

答：什么是诗歌写作中的即兴？那是技艺中被逸出或被诗人佯作失控的部分？但无论如何，如果对这一点缺乏深刻的所思所感，那么对诗人与诗歌语言（形式）的动态关系就还不甚了然。

“灵感”是开窍，是诗意的冲动终于衔接、吻合上了语言的一个动态瞬间，伴随着形象、节奏、调式等等。主题可以先行也可以后出，先行的主题有可能成为一个大小不合的帽子。“灵感”与“主题”有点风马牛不相及吧。

网络诗歌的临屏写作，我个人是尽量避免，但觉得对于初写者，这种方式有时可以激发与保持其写作的热情，就像快餐，嚼嚼还不错。

7. 诗歌写作中哪些元素对你个人最重要：节奏、奇异的句子、想象、语言的完整或优美等（自行例举）？你喜欢修改吗？你认为在成型作品中上述元素哪些可以改善、哪些不行？为什么？

答：我自行例举三个。一是“快慢”：诗的快慢不仅是节奏、情绪和语境的变化，还有许多许多，伴随诗句行进的始终。快慢在诗中常常相互缠绕，快中有刻意的打滑，慢中也会设置隐秘的微型加速器。二是“精确”：诗歌语言固然不是科学语言，它可以讲究暗示、双关甚至歧义，以呈现事物的多侧面，多重意义，但这种异质性又必须回到统一的语境中来。我们掂量、安排、调整语词时也就必须百般琢磨这个自我悖反的“度”，把握好了这个度，我们就具备了使诗歌语词达到精确的能力。三是“玄思”：诗歌中的玄思如果看起来就玄之又玄那是蹩脚的，我倾向于具体可感的玄思，还有那种貌似笨拙的方式，或许还包含有一种延迟的体悟。这三个是我随机拿出来说明的，我们注意到，这三个例子之间也需要有机融合——所有的“元素”都需要在诗歌的有机体中融合，否则，“排异反应”会杀死诗歌的。

诗歌写作中的元素与技巧千千万万，但都可归结到对词语的细微感觉上和思维的丰富性上以及整合能力上来。整合力有时也是一种取消“亮点”、留置空白、化繁为简的能力。我写作的修改仅限于个别词汇的调整，这可能是因为我对酝酿期有个比较谨慎的把握，我的诗都没有经过大修。

8. 写诗对你个人是一种自我救赎，还是自我沉溺，甚至你认为它其实走向自毁？如果它们互相纠缠在一起，你如何考虑你作为诗人的个性、责任和人生？你怎么看待海子在这方面的命运？

答：诗歌写作与人们对艺术与宗教的向往有关，它是古老的手艺与仪式，是伴随人类心灵的源头性的东西。

海子的才华无容置疑，但海子的死亡是普通人的死亡——如果海子之死再推迟几个月，或许我们更容易找到其中的微言大义。海子创造力旺盛的年代，恰恰是中国诗歌的一个如火如荼的跑马圈地时期，他如果在冥冥中能够回顾，应该感到的是生逢其时的幸运。社会的乱象，诗歌圈的分歧、褊狭与龌龊在那个时代尚不为最。为诗歌献身？两种方式，一个是写作到自我夭折；一个是埋没在尘世里，以几十年乃至一生的精力致力于诗歌创作。我觉得前者无可厚非，后者更是难能可贵的。设想，如果诗歌继续烛照海子的人生，在他继续投身诗歌二十多年的今天，他的成就又将如何？诗人无惧死亡是值得尊敬的不必说三道四，死者为大，特别是在不仅仅局限于个人的多蹇命运下；诗人如果“不屑于去死”（迪兰·托马斯），将诗歌作为人生的一部分，作为社会的良知艺术地发声不也很好吗？须知艺术乃至诗歌圈从来就不是一方净土（当然也非妖魔鬼怪的洞穴），将诗人哪怕是杰出诗人的死亡套上一个圣洁的光环没有必要。

9. 现实中的生存、生存背景对你个人拥有什么样的影响，它通过什么渠道（直接的间接的）去影响你？时代和社会舆论总是在拥戴那些“拥有正义感的诗歌作品（如打工诗歌）”能获得更多理由，你认为这些理由和诗歌本质是一致的吗？你怎么看待它们的关系？

答：现实中的生存、生存背景包括意识形态的现状，对我们的写作都会有影响，我们不能坐等一种理想化的生活与生存状态，有时也可以说，正是这种非理想化的情状，给我们的写作提供了活力与机会。写诗古往今来都是真正“伟光正”的事业，并不会因为是写的“打工诗歌”等就天然占据了“正确”、“正义”、“崇高”的道德制高点，“打工诗歌”这个命名和使用有点莫名其妙，味道似乎是来自“左翼”的文学政治传统。对“社会舆论”要看看其制造者的动机与目的，或者干脆置之不理。关于“打工诗人”与“打工诗歌”以后有时间我会细细琢磨后再谈，我认为“打工”是一个难能可贵的诗歌题材，身为产业工人或农民工，将其生存体验融入的诗歌同样具有不可替代的价值。

10. 诗歌能不能成为一种课堂教育？你认为诗歌出现在高考卷子中是一种什么样的现象和社会性质？诗歌是能够被考试的吗？如果能，你认为更理想的社会环境和课堂环境应该是什么样的？

答：诗歌当然能够也应该更好地进入课堂。我们离“理想的社会环境和课堂环境”非常遥远，在汉语的历史境况中这已经是一种常态。但有“理想的社会环境和课堂环境”的地方离诗歌创作所“要求”的社会与心灵的冲突与激荡的状态又相去甚远——当然，诗人同时也被先天授权写瓦雷里、特朗斯特罗姆、陶渊明式的纯诗与隐逸诗，无论是处于灾难还是在边缘与尴尬之中。

我们的选择只能是在不理想的时代写理想的诗，在理想的时代背诵、默写、测考、反刍理想的诗篇。

2011.8.7

象形

映　象

□ 陈先发

两僧传[1]

村东头有个七十多岁的哑巴老头
四处偷盗，然后去城里声色犬马

一天清晨
有个僧人跪在他的门口。头上全是露水

他说:“你为什么拆掉我的庙呢?
我乞讨了四十一年，才建起它。

我从饿虎，变成榆树，再变成人，
才建起了它。

为了节省一口饭的钱，

---

① 此诗献给我的曾祖母。她乞讨数十年在桐城县孔镇建起“迎水庵”。上世纪六十年代“文革”中被毁。

我的胃里塞了几条河的沙子。

现在，
你杀掉我吧。”

哑巴老头看也没看他一眼，
又去城里寻欢作乐了

他再也不愿回到村里。今天他老病交加
奄奄一息睡在街头

僧人仍跪在空房子前。几个月了。
乡亲们东一口、西一口地救活着他。

“他们两个都快死了”
一个老亲戚在我的书房痛哭流涕

是啊。
可我早已失去救人、埋人的力气

我活着却早已不会加固自己。
我糊里糊涂的脸上在剥漆

漫长的夏季。我度日如年
我是我自己日渐衰老的玩偶

2011 年 7 月

驳詹姆斯·赖特[1]有关轮回的偏见

我们刚洗了澡，
坐在防波堤的长椅上。
一会儿谈谈哲学，
一会儿无聊地朝海里扔着葡萄。
我们学习哲学又栽下满山的葡萄树，
显然，
是为末日作了惊心动魄的准备

说实话我经常失眠。
这些年也有过摆脱欲望的种种努力。
现在却讲不清我是
这辆七十吨的载重卡车，还是
吊着它的那根棉线

雨后，
被弃去的葡萄千变万化。
你在人群中麻木地催促我们
向前跨出一步。"你跨出体外，
就能开出一朵花"②。
你总不至认为轮回即是找替身吧，
东方的障眼法向来拒绝第二次观看。

---

① 詹姆斯·赖特 James Wright（1927 - 1980），美国诗人，曾深受中唐诗人王维的影响。

② 引自詹姆斯·赖特的《幸福》一诗。

我们刚在甜蜜的葡萄中洗了澡，
在这根棉线断掉之前。
世界仍在大口喘着气，
蚯蚓仍将是青色的。
心存孤胆的
海浪仍在一小步一小步涌着来舔瞧石。
我写给诸位的信被塞进新的信封

2011 年 9 月

两种谬误

停电了。我在黑暗中摸索晚餐剩下的
半个橘子
我需要她的酸味，
唤醒埋在体内的另一口深井。
这笨拙的情形,类似
我曾亲手绘制的一幅画:
一个盲人在草丛扑蝶

盲人们坚信蝴蝶的存在，
而诗人宁可相信它是虚无的。
我无法在这样的分歧中
完成一幅画。
停电正如上帝的天赋已从我的身上撤走
枯干的橘子

在不知名的某处，正裂成两半

在黑暗的房间我们继续相爱，喘息，老去。
另一个我们在草丛扑蝶。
盲人一会儿抓到
枯叶
一会儿抓到姑娘涣散的裙子。
这并非蝶舞翩翩的问题
而是酸味尽失的答案。
难道这也是全部的答案么？
假设我们真的占有一口深井像
一幅画的谬误
在那里高高挂着。
我知道在此刻，即便电灯亮起，房间美如白昼
那失踪的半个橘子也永不再回来。

2011年6月

街头怒汉

我不会爱上一个被过滤的世界
譬如雪花压着的扇子
或在你舌尖上
快速溶去的盐
小时候，我对着玻璃杯中旋转的蛋黄发呆
如今这一切
渐渐远了

我爱的是舌尖而非盐
我爱的是胸膛上刺着靛青之龙的
街头怒汉的舌尖

谁来买下三孝口①的油炸食品?
这些狗杂种的食品。
印着地狱条形码的
金黄色、根茎状的食品——
在短而闷热的
傍晚,
缄默的四月快过完了。
他们把油锅架在林阴道上
他们把油锅架在
十步杀一人的记忆里
他们把油锅架在女儿几分钱的绒线玩具上
他们把油锅架在十字架边:
当十字架像偶至的细雨让人灰心

我爱着这个冥思尽失的世界如
遮蔽众人头顶的浓荫已经形成
但一首诗的神秘
并不会穷尽于此。
街灯照着
我笔下不可预知的句式,和他们
不断从油锅抽出的筷子,
他们渐渐远去的舌尖。
是啊,
细雨中

① 合肥市地名。

缄默的四月快过完了。

2011 年 4 月

游九华山至牯牛降①一线

油菜花为何如此让人目眩?
按说
在一个已经丧父的诗人笔下
它应该是小片的、
分裂的,
甚至小到一个农妇有点脏的衣襟上。
从那里
从临近积水而断头的田埂
从她哺育的曲线上,吹过一阵接一阵令人崩溃的花粉

乡亲说,除了出狱者
祖辈们就埋在这地里。
名字只有一个,
生活仅存一种:
稀粥对稀粥的延续。
而尸骨上的油菜花为何如此让我们目眩?
细雨中
喧闹的旅游者鱼贯而入,
远处有黑色的载重货车驶过。

① 牯牛降为自然遗产保护区,位于安徽省祁门县和石台县交界处。

我呆立三小时，只为了看
一个偏执的僧侣在树下刺血写经

为了种种假托，我们沉疴在身。
此刻这假托仅限于
被春雨偶尔击落又
能被我们的语言所描述的花瓣——
哪怕只是一小瓣，它为何如此让人目眩？
而自九华山到牯牛降，
这假托只有一种：
在它玄学的油菜花下没埋过
一个出狱的人。
没埋过一个以出狱为荣耀的人。
甚至没埋过
一个对着铁窗外的白色浮云想像过监狱的人。

2011 年 4 月

杏花公园[1]散步夜遇凌少石[2]

小路尽头立着老亭子
在林木蓊郁的深处，见栏杆剥漆
你推着病母的轮椅缓缓而出
亭子边，小贩子埋头在卖烤羊肉串

① 合肥市蜀山区的一座公园。
② 作者旧友。

让我们猜猜这炉火后藏着什么。
瘫痪老母亲更容易听见羊的
唿哨声。
而这两个中年男人:一个老练的育种专家
一个诗人
并不指望羊烤熟了就能迎来某种
节制的觉醒——
他反复问我
你写下那么多诗句有什么用
“古典”在哪里?“现代性”又在哪里?
我只听见撕成碎片的羊在炭火上击掌大笑

好吧。让我们猜猜这大笑中她是谁。
在断桥上跟老友告别
我伸手到湖那边造出了新亭子
每次散步后,都要坐上几分钟。
这个早已谢顶的人
二十多年前?
是啊,乡村初中的同学
曾与我相约在文字狱中共度余生。

2011年2月

与顾宇、罗亮在菲比酒吧夜撰

摇滚乐中夹杂江南的丝竹。上帝不偏不倚
他掷骰子

而彩色的平民赌博
吧台小姐说:塑料酬码可抵万金

强悍舞步中自有过时的建筑。
当鼓点停止
飞出去的四肢又回到身体上。
顾宇双腿修长,
令罗亮不悦。
啊,怎么办?
大家一起来尝“闲暇”这块压抑的菠萝吧。
啤酒中拼起来的,
正是应我邀约而来的几张老脸。
吵什么呀。
谁没有过雪白的童年,
谁不曾芒鞋踏破?
整个晚上我穿过恍惚的灯光搜寻你们
你好吗,小巷的总统先生
你好吗,破袄中的刘皇叔

幸亏遗忘不曾挪动过。幸亏我
记得那里
并在其中度过平凡又享乐的四十年

2010 年 12 月

□ 哑　石

一个人

一个人时，能看见众多
胡僧。隐着形，
闲啖五彩碎玻璃渣……
没被追击的人，摆弄那燥热蹄子。
江水……暗凉、袭身。
这么久了，你还在一旁
幽幽看我，看纷纭……
嗨，众多传灯录，特别爱用
一个词："碧眼胡僧"
其实哪是呢，肯定不是碧眼，
而是……落日熔金？
"认准这新鲜时代，多久了？"
近来，你有不稳定的歪习惯：
子夜，飘下楼去，吃烧烤，
满嘴巴放纵的暗物质……
凌晨，就直挺挺躺下，微笑等死。

午后，徒步去草堂邮局，路遇暴雨

如果不斤斤计较，邮局将是绿色的。

更何况居草堂之旁，一个人
与她爱过、恨过的事物，轻言细语，
交换温润、隐形的玉玲珑。

这里，应有电波低低回旋。
更何况，我走着，没准备，就遭遇了暴雨。

可以忽略去邮局的目的?
发信，发癫，或者，给并不存在的某日，
发送犹豫和小小悲欣的消息……

那声雷鸣，昂首向天的树梢，
怎么就没听见呢? 怎么就没听见呢!

惟你，需祭起突然间笼盖四野的清凉?
小草折腰、抿嘴，任茫茫银河
在天地的宽脸上流淌——悲伤邮局

前方朦胧之绿中，伫立、燃烧……
瞧，你给我的，满街爆裂、飞溅的珠玉!

日记

大约刚下高速，外婆就落气了。
低低嘟囔吧。三小时后
你收到这消息，从亲戚打来的
电话中。我没安慰你。
我没准备、也没能力安慰你。
大约，外婆落气那当口，我们刚
拐下成渝高速，林肯车后座上
斜歪着一位美妙雏妓。
初春正午，谁都会溢出闪亮水气！
之后，大家分手了。你们去
花水湾，我则赶往会展中心
看个画展。现在是午夜，
万神重聚桌边，聊今日善恶诸行：
酒吧外呼啸尘埃，仿佛已静止，
漾漾的，你微微低垂了头——
我，没任何一句话安慰你——
我们，需要同样的沸腾！实际上，
神可以说：这个季节，天纵烂泥抽
新柳，真色呢，可雄起清虚！
日子缥缈、结实，牵襟即将认识
的幼神，醉心于红花酩绿酒……
可我，一句话也说不出啊，
反而忆起众多时刻的平淡、神秘——
你们是怎么认识的？前天，

前天的后天，你又驱车去过哪里？
……想来，真见过你慈祥外婆：
从童年起，她，就是神凛冽的朋友。

读经诗

透过大海的偏光镜，旋转复旋转的
为什么，是微缩又微缩的
前生，是金星，溶于孔雀舞出的光雾微缩又微缩？

是深呼吸的芥子小嘴，是银喉中装火山螺旋桨的乌有梭？

要支支水银汞柱绿发！ 复眼中
画个南山坡种樱桃，不累时晨读孔子
请天师剖胆……八百头雄狮，足下醒来的薄薄雪水是我

烟灰诗

烟灰掸进白色敞口器具里，
你骨头紧簇。经过多少风云际会，
一群四蹄粉红的小白象，
才能学会微暗之享乐中，分解
又凝聚？当你又一次起身，
掸落一截烟灰，冲着窗外不远处

胖大立交桥上轰鸣的马达，
像冲着一条随时可分叉的河流，
蚊子般嘶吼，一遍一遍呵斥，
我知道，孤独是某种极纯的情色，
把你骨头烧成一截截灰的，
是星空不能完全领悟的、完整的神秘。
黄昏，光斑静止的时刻，
温柔被应允：神在河边洗手，
清瘦的麒麟，T 型台上数落叶，
小腹动荡出极美、极美的翠绿豹纹；
而烟头烫开一个个洞的床单上，
时光马达的翻卷暂且不计，
我们双手反绑，等待又一次苏醒。

师尊小传

你美多一点，世界就清瘦一点。

眼神愈发明澈了！想起
初中语文老师，脸儿那个红呀，常在课堂上打醉拳。

那时，他胡须就花白。
我们这群小捣蛋，早学会了盗亦有道——
入夜无事，常顺手牵了他家阿黄
把娇滴滴之小女生
他明令我们不许碰的、青涩多汁的宝贝疙瘩们
撵得惊爪爪乱喊……

那时，你是宝贝中最胆小的一员。
我们呢，早素无瓜葛。
谁也没料到——现在，作为模特，你能红遍大江南北。
有论者说：你身上，有股
迷死人的、嗞嗞乱窜的黛青色火焰。

今晚相聚，纯属让人困惑的偶然。
绝不偶然的是：
一群二杆子，牵着阿黄，仍在惊爪爪赞扬你的美！

你说，你并不愿吃青春饭。
喝着冰水，迟疑了好一阵子，我还是忍不住告诉你：
初中语文老师，那个爱过你的人
前年就去世了——

得的是睾丸癌。在那芝麻点大小的县城医院里
大家都说他是条好汉！
回光返照之时，非得下病床来
有人在一旁啼哭，他都不抬一抬眼——
就这样，红着那火烧云似的脸，他跌跌撞撞地
竟然，竟然打完了一整套醉拳！

梦

如其所是。天上有淡墨色积雨云
希望，为它镶上金边——这样，即使
那些悲观者，小小的悲观者

团身坠下，雨点一般将船坞敲响
你也可收获宽慰之落日。难道不是吗？
太阳心脏，贮满神秘液体。
沙滩，细腻而微凉。一排排海浪
从赤裸足旁，一直铺展到不断蒸腾的远处：
其刹那涌现、刹那碎裂之裙边
于某种颤栗余光中，从深蓝
渐至浅蓝、微黄，进而，璀璨至金黄！
我们都曾在海浪里呆过，作为
海藻、气泡，抑或清寂而慈祥的海象……
现在，锦官城就是那荒凉船坞？
曲街弯巷，如海底皱褶，塞满咸腥淤泥。
我们却是旱鸭子，嘎嘎摇晃着
瓜兮兮，慢慢托身于榨取体液的伎俩
——死亡，或许是个颤栗的出口：
向着寂静，侧耳搁浅身体中的片片海浪。
昨天，我们一同仰望着锦官城上空
淡墨色的积雨云，看她在风中悠悠消失……
晚上，你就不争气地做了梦：
细腻、宽阔的海滩，落霞绚烂至极。
海浪轰鸣声中，两头体形庞大如山的抹香鲸
冲上清凉海滩做爱——不慌张
不颓唐，优雅性器颤栗着湿润的光——
从深蓝，至浅蓝、微黄，进而，璀璨至金黄！

戏 剧

于小小弹丸之地翻云覆雨。按理讲

这未免不是场戏剧?

晨曦,挤出薄荷味牙膏……
锦官城一排排舌苔暗集的口腔,被细心打理。

你,连短裤都没来得及穿呢
坐于冰冷马桶,惺忪着,那活儿翘得硬邦邦的。

似乎无需对话,无需
翻耕自我。她,蜷于绣榻之中,清明极了

星空红移,揭开你颅骨。窗外
一排翠绿、慈悲的树,手臂挥舞,狂草醉人《史记》。

□一　行

接　近

1

你接近我,像一阵风接近
但还没有触摸到
　　　　　　　　　　火焰
我听到灰烬
火焰中轻微的降雪
缓缓堆积
在深湛如水的夜的炉膛

2

月亮幽蓝作响的足音
悄悄行进,接近
那由清露形构的死
汇聚而成的溪流和池塘

3

接近于人的野兽
心脏的搏击，是海浪
在击打以天空为皮的战鼓
火焰，野兽的血
正浇铸大海深处
月亮的铁汁

4

月亮
是大海的心脏
也是寂静的风箱
储满了你
风一般向我接近的声音

弥漫，或乌鸦之死

乌鸦在夜晚死去，最后的飞翔
扬起了尘土和光。
颗粒状的死亡在空气中弥漫，
这样的死让人屏住呼吸。
在黑夜里，呼吸就是犯罪。

我不知道夜晚和死亡哪一个是虚构，

但乌鸦是真实的。它的黑，不是颜色，
是对颜色的抵制。它的飞翔，
与一切方向相反。它磁性的眼睛，比死
更有吸引力，更不可抗拒。

它就这样强加给黑夜，
为了诅咒它用尽了全身的力气。
而乌鸦的诅咒从未应验，
人们捂住耳朵善良地生活，
脸上修辞着微笑和泪水。

而是谁在人群中抽象地痛哭？
没有泪水、没有脸孔地痛哭，
像在给乌鸦伴奏。
但死亡是无声的，它仅仅悬浮，
尖锐的形状来自一场破碎。

黑夜要怎样破碎才能变成乌鸦？
哭声要怎样弥漫才能化为寂静？
一只乌鸦的死产生了另一只乌鸦，
正如哭声带来了它的回声，
以及巨大的、深不可测的寂静。

现在是寂静终止了乌鸦的飞翔，
它的诅咒让位于更高的怜悯。
一只乌鸦死了，黑夜突然加剧。
而飞翔依然在暗中进行，
空气中弥漫着另一只乌鸦的存在。

枣 花

枣花开在屋后,向阳的坡上
那是午后,我刚睁开睡眼
看到一些细绒被风吹拂
吸附到头顶的枝上

这淡黄、如同嫩叶似的花儿
常落在我簌簌的衣巾
我在树下,和这花一样新鲜
无核,如尚未结成智慧的生命

也还不知道生命的圆满
要通过萎谢,将初发的清香
兑成果实的甜美。我的眼睛
在枣花下睁开,看不见未来

那些没有被我看见的枣花
继续开在时光深处,如同睁开的睡眼
看着我被一阵风吹拂,从现在
返回到那时的树下

追 忆

这是多年前一个夏天的夜晚，
一个孩子，从梦中醒来。
村庄，在风中吹着口哨，
伴着远方蓝汪汪的狗叫。
而月光落在瓷碗里，四散飞溅。

大人们睡着了，他们像灯一样
点亮的注视，不再将你守护。
你感到一丝恐惧，却又伴随着某种
奇怪的喜悦。夜突然间放大了：
星群开始绕着你的面庞转动。
而你的眼睛渐渐脱离了身体，
像两只甲虫，在天空飞旋。

诗（献给小毅）

在大路上，我想起了小鹿
回头的时刻，露水滴落在
张开的眼睑上，光滑的颈项
像湿漉漉的树枝，弯曲
又伸直，像道路

在阳光下显露的本质
鹿的温柔，不属于内心
而属于所有树阴般
伸展的东西
我在树下站立了很久
想到了没有被我啃过和路过的
山上的青草

□ 李　浩

上苑纪

两年前，如同一场大雨
许多往事，停在秋日，
赞美身体。许多往事，
沉入海底，打磨黑色的
礁石。岩块上发出的
声声汽笛，如同山上的
枣树，穿过了山腰，
却被囚禁在山顶。
万道金光，住在果实里。
你从谷中来，欢乐之泉，
照亮矿脉上的荆棘。你梦见
地上的洋钉，如同蜻蜓
在空中乱飞。你梦见，
后山升起的云被光包围。

太阳岛之诗

有个人从庙宇里走向他，把他带进一扇门。
他站在一间白色的房子里，好像湖中月，
在黑夜里显得特别亮。他辨别不出
他自己、他的形——这时，
有扇门，吱吱嘎嘎地响起来。响声
飘来的地方、放着空空的椅子。
有人从门口走过，他跟上去。感觉
被带进了一间相似的房子里，
好像没有了自己——门，仍然
吱吱嘎嘎地响着。他往前走，走进了
另一间白色的大房子，和门。
他转过身——有人说，"星辰之光"。
他回想起一块刻着铭文的石碑。
他正要念出文字，就回到了那人的跟前。

去飞行

风的头发冰凉啊，匕首在我兜里下沉，
从我身边闪过的人，充足的脚力
在与马路较劲，吓坏了街道上
睁大眼睛的路灯，和石像上的鬼神。

我选夜晚，去飞行。我们出行的数据，
在监视器的领地上，星星以及呼吸，
生怕越出它的斧背。匕首在兜里下沉，
骨头的碎裂声、在头顶滚动，
头顶上的甲光、向四周密集的黑云，
急速穿行。那捆绑着天空的绳索，
在坠落中、停于我们的身体里，
使我的草原在舌尖上流放，使我
向深渊一直倾斜下去，云彩还没有
回到圆圆的井口，我们绝对不能被毁。

诞 生

闭上眼，鸟都从耳中飞去。
车灯作为唯一的目击者，
打入夜内，与鸟并肩齐飞。

一片月色，从沉睡的脸上，
摘下游移的眼睑，穿越丛林，
追赶它们。其间的风，

于躺卧的庭院，将它们的
前路，悄悄地带回一片草地。
栅栏上，上升的，是蓓蕾。

礼拜天

这里是街市，促销的火焰，烧死草原。
这里是人间，地心里的阵阵风暴，
向外投放无数只眼。市区荒芜的空地，
射出明亮的预感。涌动的人群，

于嘈杂的鸣笛里，工业的毒烟里，
背负腐烂的身体，陪伴僵硬的情感，
加入死亡游戏——驶过这间小屋，
没有港口。人群里，那个人画出的

山谷，闪烁着遥远地带的轰鸣和颤动。
林地安静，林中没有鸟，只有路径。
警醒如针，从安息松的叶片中飞过来，
麋鹿的心，在破裂的水边，久久矗立。

悼马雁

这不是冬天，这是一块大石。
这块倏然飞来的大石，
拍住我的脑门。
大雾包围了道路。

我坐入夜底，
外头的路灯忽明忽熄，
追赶垃圾袋。
树枝上颤抖的心，
唤出你美丽的生命，
我再也无法听见任何动静，
任何耳语，
任何诗句，
包括铁风大力褫夺我嘴脸时，
抽掉我肋骨的暴行。
这不是冬天，这是一块大石。
这块倏然飞来的大石，
拍住我的脑门。
你跨出我们的路，
你乘坐过山车去远游，
在北中国你定于山上看湖。
你说“弟弟别怕，
有很多，很多的精灵，
常常自觉地，在夜晚出现，
陪我说话。”我看着你，
美好的事情，让我的
骨头里，崩出碎裂声。
我不会哭，我乖乖地趴下，
像冯妈妈那样，
捧住你为我点的白粥，
小心地不吃出声。
这不是冬天，这是一块大石。
这块倏然飞来的大石，
拍住我的脑门。
我忍受着，忍受着高墙，忍受着灯，

忍受着水管中哗啦啦的水声。
我学着倾听,强迫自己
安静,祷告无词。
风暴中你全部的隐痛,
已进驻冬日的星辰。

□ 梅花落

你是鹿

你是你自己的欢快
在林间闲逛
无限的人生确实很累，这就是数学
你是我的世界纵横交错
你要靠近我，你就会发现
你是非常可爱的

哎，我的男孩子
我碰见你的那个早上，有太多的叶子吓坏了你
全是天气的错
不准你反驳我
就是花儿也不准你不听我的
你必须用你的哦哦哄我高兴
你非要发疯，也只能我陪着你
咬牙你就不要咬了，你答应我咬你
这是你仅有的乖乖

在一路的考试之外

当然你还要随便我让你咬回来
并把我按在蓝蓝的天上
我就归你了

恶　童

那我走了，那掺和的鱼雷
从那价值的鹦鹉嘴，突出：我走着，并清洗着
毕生演习以外的
配备。一群人膜拜
那么另一群人就要为膜拜
而永灭在这里

璀璨如献血。我们都是慈悲
进去的屠刀，手指。大规模的红，要拿终极来装饰

也就是绝症，威胁不是别人
红使我无法荡平根本！那我
比成长绽开的世袭之花
有更多
——名字，主谋，和帮凶吗？

是我，用行动席卷柏林墙
那个时候只容忍失手的鲜红，那个时候
不会藐视恶心的使用

谢谢疼痛,便如同谢谢不在我中的
真理之一种

集中营的天空

她来过这里,她在背后
叫我

关掉眼睛
太阳已沉
在那天的铁门
心脏一颗一颗
悬挂着

像几句冷漠的歌词
像一个手势
第三个声音划破
亚利安人
这纯粹的调子,在嘴唇中的阴魂不散

人们壮阔
然后淹没
几回日落押走了的光影

她被我想起
我就消灭在这里

著　名

卡扎菲不肯停火，我也
不再操心世界的事情。一切人类势力
也不得插手到我的精神内政
但尖刻的太阳在壮大的伤口中

沸滚：或许我还看不清，也不可能看清
装甲师，雄鹰，汽油中提供血色的背景……
现在它们大量的残渣，凶猛的碎片
就要向我袭来，我感觉沉重了一倍

我将成为极端的牺牲品，秘密而死
在救世主的眼睛；我坐立不安
依靠在一句格言的彼岸，我居然遭到自己的监禁
全面地隔离——我不是种族！

手铐把我铐到生命的最深处
我回归，到信仰的安全局？
绝大多数像我一样的痕迹
飞得那么低，飞得那么低……

纪　念

“生由死而来。麦子为了萌芽，它的种子必须要死了才行。”

——甘地

你一直在那个梦里
你用相当长的时间走出那个梦
波浪拍击，鸟在继续翻下到这座崖壁

千万支箭，千万块骨头
它们穿透你消灭于千万个人之后
你不能安葬太阳
你收不回莲花的生长

放开泪水，你淌进晨曦的光泽
那沉默还原为沉默
还原为飞起来的刀，雕刻我

我早就以物换物，翅膀也变得残破
一定有未能解脱的罪恶，说服了你
不要哭，你就出生在你里面

诗　友

朱砚之—— 春泥

墨哲兰—— 给人的脆弱性正名

□ 朱砚之

春　泥

1.

马坡巷16号。小米园紧闭着两扇门。一扇的铜门环上挂着牌子："馆舍维修，暂停开放"；另一扇的门环呢？我站在门外朝北边最近的一栋房子张望：很多个阳台对着这里，不用数也知道——7层楼；不用问也知道，这就是小米巷1号的阳台，时时收摄小米园的一角风景——委婉的屋檐上躺着小青瓦，在细雨如丝的日子流得出旋律……

14年来，这是我第二次来到马坡巷16号。两次都不得入内。奇怪我怎么会懂小米园的奥妙？

奇怪，4楼阳台有个小女孩在看我吗？她的手边有个墨绿色画板，老式帆布的那种；身边还有台电子琴，雅马哈的，可键数毫不标准，只有37个。

一会儿，她就不在那里了……

砰——"楼上哪份人家啦?！嘎缺德！怎么好把玻璃扔下来啦！"是一楼老奶奶的声音。玻璃就掉在她家的天井，所幸没人站在那里。4楼的小女孩却吓得蜷缩一团，躲在一扇破窗子底下不敢探头。她不是故意的，刚才推窗时，玻璃突然就破了，她的手差点被划到。可是听楼下的奶奶喊"缺德"，她哪里还敢伸出头去道歉。她猫着身子跑到客厅，用一张凳子堵住大门，又踮手踮脚地跑回自己房间把门关死。会有人很快上门来检查各家的玻璃窗吗？或者就有谁透过窗子看到了她的一切？大人们会如何惩治扔玻璃的缺德鬼……

没有人来。但，我看见了：就是4楼阳台的那个女孩，小米巷1号404。是放暑假的时间吧，她怎么一个人在家？我要去告诉104的奶奶吗？

——关你什么事！

2.

我也是最近才知道，马婆巷自南宋就有了。当时此地有教驹游牝的马院，因而得名"马婆巷"，至明代改为"马坡巷"。历史上最著名的"马坡巷"人非明代官僚金学曾莫属。他是隆庆二年（1568年）的进士，为官政绩堪称显赫，但终于在一次诬陷风波后退隐。据说他连上五章才获准归杭，一还乡便在马坡巷盖起了有"大观"之称的私宅，号"金衙庄"。此庄当初颇为宏伟，内有杭城第一高楼"望江楼"，而杭州城东八景之一的"太湖垂钓"亦只是金老爷的私家胜地。《西泠怀古集》中有《望江楼怀金省吾》一诗：

洛下名园二百年，望江楼阁渺如烟。
高花秀木疏帘外，沙鸟风帆画槛前。
明瑟长留风月意，清华独结云水缘。
林皋不与沧桑改，留得庄名万口传。

果真是"明瑟"随了"风月"，"清华"付了"云水"，金省吾便如此自得善终。林皋幸即，大概是杭州人根深蒂固的生存智慧。说是清醒也好，圆滑也罢，归隐的结局无非是以"自得其乐"的状态活下去。浅层的合理性在于：不做烈士，也不做小人；深层的问题却是：受教于儒并立身于儒的君子可以对天下苍生的福祉弃权吗？这恐怕就是偏安之地所难以启齿的"沧桑"。话说回来，能得万口流芳的金衙庄倒不尽然是由于排场。金学曾为官时声望颇高，死后人们罢市哭丧竟达十日。对于一个曾经怀才入仕的读书人而言，此等回应足够慰藉九泉了吧。

一个人，一种选择，用一世英明练就一处符号。只不过，一场身临其境的凭吊绝不能泽被几代人。金家的后人很快就无福消受了，到清代初年就卖了宅子的一半；及至乾隆年间，另一半也易了主。三百年间，皋园、舒园、桐园、燕园、四闲馆等名字都曾被雕刻在昔日的“金衙庄”门牌上——烙上了，又抹去了；金、严、孙、严、舒、章、师、叶等族姓交替入主，马坡巷里一段段忘却的年轮。有时我在想，汉字、中华文化是不是也这样被转卖了一次又一次，以风月田园自慰的士大夫们是否早已不打算面对未来……

“小米巷1号404电话！小米巷1号404电话！”居民区大妈的叫喊打断了时间。“小米巷1号”——砰！她喊第三遍的时候，一个纤细的声音哆嗦着夺门而出：“来、来的！”踢拖踢拖，一双粉红色的塑料拖鞋跌跌撞撞冲下楼，向马坡巷3号的居委会办公室跑去。

“是妈妈打来的？”

小女孩看着居民区大妈不敢吭声。她平时挺会叫人的，这会儿却怕她还要接着问——玻璃？

“你是小米巷1号404的吧？”

小女孩更紧张了，脸涨得通红。不是才当着大妈的面接完电话，怎么会不是小米巷1号404的！

“小米巷这个名字多么怪啊，是不是卖小米的啦？”

原来是大妈闲着要逗她呢！谁知这姑娘转身就跑了，踢拖踢拖的也不怕塑料鞋勒脚。可怜的笨丫头，不是每天对着楼下的小米园发呆吗？怎么就没人告诉过她，米芾的儿子米友仁曾经住在附近。爸爸是大米，儿子是小米，这么亲切的故事她怎么会听不懂？

米芾是谁，小米巷里有没有人听过这个名字？

可“金衙庄”倒还在的。小女孩的妈妈在电话里说：今天厂车会晚到，六点去金衙庄的大树下等。原来那大树本是金衙庄里的老樟树，树龄700年。小女孩对此却毫不知觉。她只知道，“大树下”是爸妈每天上下班的起点和终点。她再小一点的时候，每天都跟着爸妈在“大树下”坐厂车，一排栏杆围起一片草地，里面有一棵树和无数狗尾巴草，那就是她认识的金衙庄了。对她说来，那里就是一个地名，一辆大车，还有爸爸妈妈。谁都不会告诉她，“大树下”先前做过“安定小学”的操场；再先前还做过“忠义祠”，为了纪念在太平军攻打杭州时死难的人们。1860年，杭州史上最惨烈的浩劫之一，同胞刀下十二万冤魂，金衙庄门前遍地尸骸……幸好没人对小女孩说这些，否则她哪里还敢站在树下。

夏天的六点才刚刚露出沉重。厂车“咀”的一声急刹——噢，肯定是大嗓门的吴叔叔开车！小女孩站在后门等，那里离“黑烟”近，却免得挨个向那么多人问好……金衙庄是个什么东西？关他们什么事。

3.

“从此与谁谈古处，马婆巷外立斜阳。”此句出自龚自珍《己亥杂诗》第163首，为悼念一位故人所作。龚自珍是生在马坡巷的，他的文集中有注：“余以乾隆壬子生马坡巷，先大父中宪公戊申年归田所买宅也。”龚家是显赫一时的书香门第，其父龚丽正进士出身，精于史学；母亲是著名经学家、训诂学家段玉裁之女，著有《绿华吟榭诗草》。龚丽正师从段玉裁，而龚自珍自幼由母亲悉心调教。想必龚自珍知道“马坡巷”的来龙去脉，兴许小时候有谁给他讲过“马婆巷”的来历。《己亥杂诗》的创作时间在第一次鸦片战争前。那时的龚自珍年近五旬，国运之积弱不堪、官场之纷争不堪都令他心力交瘁；他也决计辞官归杭。“马婆巷外立斜阳”，马坡巷的龚自珍在感慨什么。

龚自珍生养在最好的家庭、却是最坏的年代里。史学与经学的养育点亮了他的双眼，他却要用明澈的目光去打量腐化的世界。他不肯也不能像他外公一样在小学训诂中躲避了；现实有一种彻骨的寒痛，而血气方刚的一代必须要喊出来。站在麻木的神经上呼唤恶臭的躯体，即便有所反应也是极度危险的，毒素随时会从四面八方袭来。然而知其不可而为之，不正是生之意义所倚？看那命之所系的庞大根系，恩重如父母——双亲在受苦，子女焉得独善？

嘉庆十九年（1814年），青年龚自珍接连发表四篇《明良论》针砭时弊：“士皆知有耻，则国永无耻矣。士不知耻，为国之大耻。”正是在嘉庆十八年（1813年），天理教农民起义爆发，声势直逼皇宫，当时的嘉庆帝为此大骂官吏“寡廉鲜耻”。然而龚自珍看到的“耻”显然有别于心有余悸的皇帝，在后来的《平均篇》中他这样写道：“人心者，世俗之本也；世俗者，王运之本也。人心亡，则世俗坏；世俗坏，则王运中易。”因而他的改革立场是十分明确的，他渴望君能革弊，民能安生；尤其在接触了公羊学思想之后，经世致用以振国运的意念几乎占领他的后半生。为此,即便在最失意的岁月里,深谙佛理的他仍未能遁世。

钻心之痛正在于苦难的后果。毁灭步步紧逼时,不是早有人呼喊过么。可他又注定要失败的:为什么不呢?毁灭的前奏就是昏庸与腐朽的狂欢;为什么清醒者不能得志?这个问题犹如“为什么昏庸腐朽会走向灭亡”一样无稽。龚自珍一生仕途艰难,六次会试才中了进士,当时他已近不惑之年,仍只能谋个低微的官职,而他那些慷慨激昂的文字早在十年前就已名震朝野。好心人只会劝他:删了吧,何必惹祸。可有谁知道,龚自珍甚至在 21 岁与新婚妻子泛舟西湖时就写下了“屠狗功名,雕龙文卷,岂是平生意”。有谁听懂了吗?“如今与谁谈古处,马婆巷外立斜阳。”

4.

我的出生地离马坡巷很近。清泰街 84 号。幼年的记忆实在太浅,我在那里只长到 4 岁就搬迁了,旧址早已无处寻觅。然而年复一年,长辈们喋喋不休的往事缠绕着我。

“我和你爸爸刚结婚就住进了 84 号,那时的老房子没有厨房,我们就自己搭,每次一搭起来就被邻居推倒,再搭又被推倒。后来是朱师母站出来说话:你们怎么能这样……你朱奶奶对我们一家真是好!”

“你出生的第二年,门口清泰立交桥还在打桩,我每天抱着你去看。你话也说不清楚,就吱吱呀呀的:妈妈,砰,砰……”

“你一生下来,你奶奶看你舌头尖,说这个孩子将来一定很会说话。后来大一点了,每次带你去奶奶家都让你表演说话给大家听,你就说:我家住在清泰门外,清泰街 84 号。”

……

清泰立交桥的确伴随着我一切有意识和无意识的成长岁月。1989 年,清泰街一带完成改造后,我们又迁回了原址附近。那年我开始读小学,清泰立交桥是我们全家饭后散步的地方,有时也是我上体育课跑步的地方。桥是什么?桥是为什么?从前我真的不懂。桥不就是桥么,它不是一直都在那里么?后来才知觉到:清泰立交桥不过只有我这般浅薄的年岁,可跨过的却是千年护城河。护城河,从前怎么能容许被跨越?

清泰门倒真是陈年旧历了。它的历史比马婆巷还早，可以上溯到五代吴越国时期。唐景福二年（893 年），吴越王钱镠建的南土门、南宋绍兴二十八年（1158 年）移建的崇新门都在现在的清泰街上。元初城市百废待兴，城门亦毁，至正十九年（1359 年）重建，因门内有清泰桥，始命名为清泰门。老杭州的地名莫非都像“金衙庄”那么顽固？清泰门是杭州最早被拆除的古城门，早在我奶奶出生前它就不在了，我小时候竟然还说自己住在“清泰门外”。1907 年，为了建造火车站，清泰门的大段城墙向历史作别。这其中还有个颇费周章的插曲：原本杭州的火车站是建在艮山门的，谁知主持此事的绅商汤寿潜受女婿影响而改了主意。他的女婿正是现代新儒家代表人物马一浮。时值 1906 年大年初一，马一浮却在酒后当着岳父的面把杭州铁路设计图纸撕成两半。他觉得，若把铁路总站设在艮山门，那么商业中心必定东移，城内经济一旦萧条，便没有人去欣赏西湖美景了。他建议铁路应穿城而过，站点要在市中心，于是有了建在“清泰门”的“城站”。1909 年城站火车站落成，巨大的汽笛轰鸣声带来了一座千年古城最无可想象的惊诧，皇城根下的子子孙孙们觉得这是“几千年来杭城最盛之事”。彼时龚自珍辞世不过 68 年，他从前哪里想得到，距离自己出生地不过 2 里路的老城门会发生如此“革新”。

只有我这样的后来人才会习以为常。城站不像清泰门似的，是个名存实亡的地名；一个世纪之后它还正常运营着。记得我小时候，那里有个市场能买到各种各样的新奇玩意儿；除了清泰立交桥，那也是我们一家饭后常逛的地方。真像马一浮当年预测的，火车站在我小时候仍然是最繁华的商业地带。但有一件事是我从前不知道的：1937 年，杭州城站曾毁于日本人的轰炸。那时，戊戌变法过去了 39 年；辛亥革命过去了 26 年；五四运动过去了 18 年。

5.

九洲生气恃风雷，
万马齐喑究可哀。
我劝天公重抖擞，
不拘一格降人才。

小学语文课本里就有龚自珍的这首《己亥杂诗》。我上到这一课时，才读两遍就把诗背下了。龚自珍这个人，我实在太熟悉。

应该是1990年的元宵前后吧，我已经睡着了，却被妈妈叫起来，迅速穿上最漂亮的衣服。她才回来，说楼下的花灯很好看，还有电视台在拍，也许女儿还有机会上电视呢。在我小时候，上电视实在太稀奇了。我就那么稀里糊涂地被带到一座园子里：真是很热闹的，很多的人和很可爱的灯；不知谁给了我一个红气球；没有看到电视台的人，但爸爸给我拍了很多照片……那是我第一次进入龚自珍纪念馆。就是那样清瘦的白墙和虚怀的两扇黑漆门，20年来都没有改变。

小时候，尽管每天都经过纪念馆，进去的次数却屈指可数。印象最深的有两次：一次是学校春游，大家各自在馆内的小池塘边找个位子吃零食。还有一次是社会实践，我被分配到馆内擦门窗。其余的时间，我真的进去过吗？似乎从前要门票的吧，不记得是3毛还是5毛钱，但对小学生而言都是一笔"巨款"。所以大多数时间，我只是在馆外跳橡皮筋的小女孩；那时门口还聚集了很多拍洋片的男孩，他们占领黑漆门外的小石阶；我们占领白墙外的电线杆。龚自珍，就与我们保持着至亲又至严的距离：从不威慑，却也并不敞开。龚自珍是谁呢？大诗人吧，写了"我劝天公重抖擞，不拘一格降人才"。后来在学校做演讲发言的时候，还经常有人引用这句话，好像我们这一代就是"不拘一格的人才"。可龚自珍是怎样的大诗人呢？是不是跟李白差不多？从前怎么就无端觉得，写诗的古人都跟李白一样。

404的小女孩在笑我？都站在小米园的门口了，龚自珍怎么就和李白一样的；他甚至都不应该是个诗人。青壮年时心志高远，他竟为自己立下"诗戒"，直到决意返乡前才大肆破戒：

"弟去年出都日，忽破诗戒，每作诗一首，以逆旅鸡毛笔书于帐簿纸，投一破簏中；往返九千里，至腊月二十六日抵海西别墅，发簏数之，得纸团三百五十枚，盖作诗三百五十首也……"

这是1840年龚自珍在给友人吴保晋的信中所述的《己亥杂诗》创作经历。诗戒破了，大概意志也绝了，因而满纸叹息。梁启超在《清代学术概论》中说："举国方沉酣太平，而彼辈若不胜其忧危，恒相与指天画地，规天下大计。"彼辈指的就是龚自珍与魏源。据说龚自珍性情怪异，能称得是挚友的唯有魏源。

二人对日后中国的变革道路都产生了举足轻重的影响，梁启超、康有为的变法与他们不无关系。只可惜，堪称思想家的他们却只有"日后"而未曾"当年"。

龚自珍真的不愿只做个诗人，但偏偏，他生来就有着诗人的过分纤敏。据说还是在马坡巷的时候，他一听到卖糖人的箫声就会病倒，医生难以诊断病因。但龚自珍一生仍以箫、剑为抱负。我一直记得，龚自珍纪念馆里有幅沙孟海的字："剑气箫心"；难道是擦窗格时留下的印迹？诗句当然是出自《己亥杂诗》的"少年击剑更吹箫，剑气箫心一例消"，说的是他自己，"才也纵横，泪也纵横，双负箫心与剑名"。然而"我劝天公重抖擞"也是同时期的句子啊，他到底做不成金学曾一样的庄主。一旦听说林则徐要去禁烟，他立刻上书希望随行，还向林则徐提出了严禁鸦片、抵抗英国侵略者的主张；怀愁衰世的他其实早已预见了更大的危机。1841 年 3 月，龚丽正辞世，龚自珍守孝期间接任父亲在杭州紫阳书院的教席。同年 5 月，林则徐被发配新疆，6 月行至京口时嘱咐魏源编写《海国图志》。8 月，龚自珍决定加入江苏巡抚的幕府，却在此后不久神秘暴毙于丹阳云阳书院，享年 49 岁。

"五十年中言定验，苍茫六合此微官"是《己亥杂诗》第 76 首中的感慨。在这首诗后，龚自珍写着："庚辰岁，为《西域置行省议》、《东南罢番舶议》两篇。"他是个死不瞑目的人，离了官场犹忆自己 29 岁时所怀的宏才大略。他深信那就是救世良方，他说应验也不过五十年。然而死亡的突然来袭是否比衰世的慢性窒息更令人错愕？他走了，关他什么事？

关他什么事，这句话他早就说过了，在 22 岁那一年：纵使文章惊海内，纸上苍生而已。似春水、干卿何事？

谁能知道，这一句"纸上苍生而已"日后是何等疼痛……

6.

马坡巷 16 号，小米园。白墙，小青瓦，黑漆门，门头提着"龚自珍纪念馆"几个字。但这里并不是龚自珍的故居，小米园真正的原主人是清代桐乡贡士汪淮。龚宅原址无可考证，将纪念馆选在这里，大概是家乡人还他的点滴乡愁吧。

《己亥杂诗》另有很著名的一首：

浩荡离愁白日斜，
吟鞭东指即天涯。
落红不是无情物，
化作春泥更护花。

我想龚自珍真的不像金学曾，回家对他而言并非解脱；为了告别“剑气箫心”，他蒙受了多少“浩荡离愁”，却仍旧渴望着——落红一样的守护？我从来都不知道，6岁到15岁间，自己日日凝望着这样的一个影子，穿梭着如此几段历史。1989年从清泰街84号“原拆原回”，小米巷1号404的阳台——我的房间就成了小米园瞭望台。可是在“花灯”事件之后，就没什么人提起龚自珍了。倒是楼上501那一家，成了整条小米巷和马坡巷的热议。电视台接连上门报道，因为那家男主人管理的校办工厂成了全国典型。也是从我的6岁起，大家看着这家小厂从杭州第一变成省内第一，从全国第一变成跨国企业；我13岁那年，那家大我一岁的姐姐去了美国；两年后，我们全家又搬离了小米巷，随后就只从新闻媒体上听说501的事了。现在，那曾经的邻居是位居中国内地前10、全球前200的富豪……

小米园、马坡巷是不是有种奇特的地气呢？我常常奇怪，从前自己在4楼望着那一角时，总有种说不出的东西。

还有件很怪异的事。搬家以后，我就没回过那里，大概是不想看到自己成了童年的“外人”。然而前年有一晚在金衙庄附近吃饭，饭后莫名其妙想回去看看。那便是14年间的第一次回访。夜里十点的天色已经透黑了，我把车停在龚自珍纪念馆门口，也是朝4楼阳台张望了片刻，然后就慢慢往小米巷1号的入口走去；到了楼下心头一惊：104的窗外挂着花圈，朱奶奶不在了……

参考资料：

[1]陈建一主编.杭州街巷[M].杭州：杭州出版社，2005
[2]陈铭.剑气箫心：龚自珍传[M].杭州：浙江人民出版社，2005
[3]梁启超.清代学术概论[M].北京：人民出版社，2008
[4]麦若鹏.龚自珍传论[M].合肥：安徽大学出版社，2005
[5]孙钦善选注.龚自珍诗词选[M].北京：中华书局，2009
[6]朱金坤主编.城市记忆[M].杭州：浙江摄影出版社，2007

□ 墨哲兰

给人的脆弱性正名

一　正文注释:2011 年下学期讲授希腊悲剧《安提戈涅》教案(提纲)

1　如何进入古希腊?

现代人尤其是现代中国人如何褪去覆盖其上的进化论启蒙理性及其各种理论观念的尘垢,而能够做到直面古希腊悲剧的经验事实?

所以我们必须先行寻找两种进入视角:

(1)伯拉德特《如何进入古典诗学?》第九章第一节“概念与事实”

(2)纳斯鲍姆《善的脆弱性》“修订版前言”

2　希腊城邦主要的经验事实或思想事件

(1)希腊城邦、希腊人、希腊文明——西方思想的开端

希腊诸神、荷马史诗、希腊悲剧、希腊哲学——开端的临界思想与亚里士多德后的形而上学

城邦政治、帝国梦想、自然法与自然正当——梭伦的“帝国梦想”、伯利克里的“墓前演说”、自然正当的“弥罗斯对话”

认识你自己、知识即德性、即可知世界下层的数学、几何学、音乐等形式指引，但终止在智能性上至今没有翻升到智慧境界——《理想国》三喻：“日喻”、“线喻”、“洞喻”

苏格拉底之死

一切颓废形式的萌芽

(2)希腊悲剧——神话时期、哲学与诗学的争执、启蒙思想

示例：索福克勒斯“俄狄浦斯”悲剧系列

《俄狄浦斯王》——人神关系下的个人命运与城邦命运、斯芬克斯之谜

《安提戈涅》———诅咒的阴影、人与城邦的关系、自然伦理与国家伦理

《俄狄浦斯在科洛诺斯》——赎罪、宽恕与和解

(3)两希元典中神对人的四大诅咒

旧约创世记神驱逐人的诅咒(生存的)

摩西十诫(伦理的)

斯芬克斯咒语(生存的)

潘多拉瓶子(生存的)

3　主要辅助读物

尼采《悲剧的诞生》(有关“歌对”的三种区分及对“普罗米修斯”与“俄狄浦斯”两个悲剧形象的分析)

海德格尔《形而上学导论》(第四章第三节“在与思”中有关《安提戈涅》部分)

伯拉德特《神圣的罪业》(对《安提戈涅》的上、中、下注疏)

纳斯鲍姆《善的脆弱性》(第三章索福克勒斯《安提戈涅》：冲突、视觉与简单化)

张志扬《偶在论谱系》(第八章第18节“大地、冥府、技艺:希腊悲剧的阴影之谷”附录:辨析索福克勒斯《俄狄浦斯王》的两种解释)

二 正文:2011年春节的一次中欧经历

因为《善的脆弱性》有一个特殊的进入角度(脆弱),我选择了用它作为解读《安提戈涅》的主要参照。(注释,见前)

恰好,此前不久,我有一次真实地面对瑞士阿尔卑斯山少女峰,很有感触。

那是2011年春节,我选定了路线带全家到中欧四国(瑞士、奥地利、捷克、匈牙利)旅游,首站飞抵瑞士日内瓦,沿日内瓦湖到茵特拉肯小镇,第二天清晨登阿尔卑斯山最高峰少女峰(4358),必经“斯芬克斯全观景台”,产生了非常奇怪的感觉:

所谓“少女峰”德文Jungfrau,直译应为“少妇峰”,中译文为什么隐去了性别中的性身份?

“斯芬克斯”(Sphinx)这个希腊忒拜城前的狮身人面兽怎么会跑到瑞士茵特拉肯(Intelaken)来守护“少妇峰”?

两个疑团是我写此诗的导因,但根本是为了重揭斯芬克斯谜底以解除斯芬克斯咒语,还人性之“上善若水”,而非“强力”。

斯芬克斯谜语:“那早上四只脚,中午两只脚,傍晚三只脚,脚越多越软弱的东西是什么?”人为了摆脱软弱就越来越无限地凭借强力,走上“大而伯之”的道路——显示了“谜语”之“咒语”面目:当人用强力以为杀死它时,“咒语”才开始对人生效:“剥夺被剥夺”的永恒轮回。

遂有了下面的诗

重答斯芬克斯之谜

这不是斯芬克斯葬身的悬崖

为何有斯芬克斯观景台
是观　斯芬克斯被人杀的祸福
还是观　斯芬克斯留下对人永恒的咒语

我为少女峰而来
身的离去与心的进入走着同一条路
出发的那一刻已是倒计时的开始
每一声"嘀嗒"都唯恐断裂

斯芬克斯冷若冰霜
三只脚的人
你衰弱的身躯
如何能越过刀刃般的峰巅

斯芬克斯呀
你看惯了三千年的迷雾
窃喜自己制造的幻象人信以为真
你把人的软弱立为不道德
从此强力供上祭坛
为了让强力在强力的剥夺中永无宁日

你隐藏了
四只脚对泥土的匍匐　兼容
和三只脚中那一根智慧节杖
　　仰承的天空

俄底浦斯瞎眼了
他的子孙越来越纵欲地弑父娶母
上帝杀死了
自然被蹂躏得不再生殖

强力仍在知识的光明里横行

少女峰　默无声息
一边枕着一望无际的云海
一边躺着一泻千里的冰川
让云海沉积旧怨
让冰川开启童年

看啦
四只脚五体投地
第三只脚智慧节杖指点迷津
诸神退避　强弱有倾
唯道先行

到时候了
我要从少妇峰　抱走
我的儿子

二零一一年早春二月　瑞士茵特拉肯

新出图证（鄂）字03号
图书在版编目（CIP）数据
象形 2012/ 川上主编
武汉：长江文艺出版社，2012.3

ISBN 978—7—5354—5607—6
Ⅰ.象… Ⅱ.川… Ⅲ. ①诗集—中国—当代②散文集—中国—当代 Ⅳ.I217.1
中国版本图书馆CIP数据核字（2011）第262371号

责任编辑：何性松 责任校对：陈 琪
封面设计：川 上 责任印制：左 怡 包秀洋

出版：湖北长江出版集团 地址：武汉市雄楚大街268号
长江文艺出版社 邮编：430070
发行：长江文艺出版社（电话：027—87679362 87679361 传真：027—87679300）
http://www.cjlap.com
E-mail:cjlap2004@hotmail.com
印刷：武汉市福成启铭彩色包装印刷有限公司

开本：640毫米×960毫米 1/16 印张：18.375 插页：2
版次：2012年3月第1版 2012 年3月第1 次印刷
字数：6091行

定价：29.00 元

《象形》同人联系方式：柳宗宣：qnwxlzx@163.com
沉　河：hexingsongliu@126.com
黄　斌：hermim@yahoo.com
亦　来：yilai@sina.com
武小西：wu_xiaoxi@hotmail.com
吴晓燕：673896538@qq.com
剑　男：jiannan876@sina.com
刘洁岷：jiemin2005@126.com
楚　石：wangjian@homabio.com
李建春：lijianchun70@yahoo.com.cn
夏　宏：xh345@163.com
钱　省：qs640224@sina.com
钱文亮：qwl08@yahoo.com.cn
修　远：slyl1360@sohu.com
余文浩：ywh435001@yahoo.com.cn
舒飞廉：lyxz@public.wh.hb.cn
然　也：32035675@qq.com
川　上：zlm0809@163.com